青 少 年 的 成
父 母 教 导 孩 子 成 才 的

U0575603

小学生要知道的

历史故事

Xiao xue sheng yao zhi dao de li shi gu shi

熊 灿 编著

光明日报出版社

图书在版编目（CIP）数据

小学生要知道的历史故事 / 熊灿编著 . -- 北京：光明日报出版社，2011.6

（2025.4 重印）

ISBN 978-7-5112-1122-4

Ⅰ.①小… Ⅱ.①熊… Ⅲ.①世界史—少儿读物 Ⅳ.① K109

中国国家版本馆 CIP 数据核字 (2011) 第 066327 号

小学生要知道的历史故事

XIAOXUESHENG YAO ZHIDAO DE LISHI GUSHI

编　　著：熊　灿

责任编辑：李　娟　　　　　　　　　　责任校对：一　苇

封面设计：玥婷设计　　　　　　　　　责任印制：曹　净

出版发行：光明日报出版社

地　　址：北京市西城区永安路 106 号，100050

电　　话：010-63169890（咨询），010-63131930（邮购）

传　　真：010-63131930

网　　址：http://book.gmw.cn

E - mail：gmrbcbs@gmw.cn

法律顾问：北京市兰台律师事务所龚柳方律师

印　　刷：三河市嵩川印刷有限公司

装　　订：三河市嵩川印刷有限公司

本书如有破损、缺页、装订错误，请与本社联系调换，电话：010-63131930

开　　本：170mm×240mm

字　　数：205 千字　　　　　　　　印　　张：15

版　　次：2011 年 6 月第 1 版　　　　印　　次：2025 年 4 月第 3 次印刷

书　　号：ISBN 978-7-5112-1122-4-02

定　　价：49.80 元

前　言

　　英国哲学家罗素说过，一部优秀的历史读物"不仅有助于知识，而且有助于智慧"。的确，人类的历史以"过去的光辉照亮着现在"，它源远流长，蕴涵着大量先人的智慧。作为小学生，要想真正地认识自我、把握现在；理智地面对将来，就应当先了解历史，感受历史启迪的无穷魅力。

　　为了让小学生朋友在较短时间内，全面而有效地掌握尽可能多的历史知识，编者精心挑选了最受小学生朋友欢迎的、适合小学生阅读的人类历史上的精彩故事，让大家了解历史发展中的重要史实和关键细节，以把握历史发展的脉络。

　　在内容选择上，所选历史故事都是小学生课内生活向课外的延伸，既符合小学生的知识结构，又强调其故事的趣味性。不仅讲述了人类历史上发生的许多重大历史事件，介绍了许多重要的历史人物，而且还讲述了人类历史上的重大发明、发现等。在体例上按时间顺序编排，每个故事都设有"故事小档案"、"知识窗"和"智慧启迪"等辅助栏目，将关键知识点一一展现在小学生读者面前，以利于多角度、多层面地解读历史，在较短时间内对人类历史和文化有一个清晰的认识。同时，本书还配入适量的与文字内容相契合的精美图片，在尊重历史事实的基础上又不乏生动活泼、丰富有趣，符合小学生朋友的欣赏口味，且图文并茂，相得益彰，使学习历史也变得轻松愉快。

　　衷心希望每一位小学生朋友，多多品读书中精彩的故事，细细领悟故事中所蕴含的智慧和道理，以追溯历史、增加知识、启迪心智、展望未来。

目 录

● 时　　间：四五千年前的远古时代
● 地　　点：中国的中原大地
● 人　　物：大禹
● 结　　果：用疏导法成功根治水患

大禹治水

相传，四五千年前，也就是中国的远古时代，黄河流域发生了一场特大洪灾。洪水泛滥之时，庄稼被淹，房子被毁，老百姓流离失所，无家可归，水患给人民带来了无尽的灾难。

当时的部落联盟首领尧，为了根治水患，就召开了部落首领会议。在会上，尧问四方部落首领："现在水患如此严重，派谁去治理洪水比较合适呢？"首领们一致推荐鲧。尧说："我听说鲧不但人品不好，还不关心百姓的生活，让他治水能行吗？"首领们解释说："就目前的情况来看，也只有鲧最能胜任这份工作了，你就让他试一试吧！"尧只好勉强同意。

果然不出尧所料，鲧花了九年时间治水，不但没有把洪水制服，水灾反而闹得更凶了，原因是他只懂得水来土掩，造堤筑坝，结果致使洪水冲塌了堤坝，泛滥开来。

接替部落联盟首领的舜，见此情景，亲自到治水的地方去考察。他发现鲧办事不力，就把鲧处死于羽山，然后让鲧的儿子禹去治水。禹虽然是鲧的儿子，但是他的德行能力比他的父亲强多了，他是一个

尧舜禹禅让

知识窗

"禅让"是传说中的部落联盟民主推选首领的制度。尧担任部落联盟首领七十年后，因为自己老了，决定从部落首领中选拔一个德才兼备的人来接任部落联盟首领。有人推荐尧的儿子丹朱继位，尧不同意，因为丹朱很粗野，好闹事。后来尧召开部落联盟议事会议，讨论继承人的人选问题。大家都推举虞舜。尧考验了舜三年才将部落首领禅让给舜。舜继位后，亲自耕田、打鱼、制陶，深受大家爱戴。舜老了的时候，也仿照尧的样子召开继位人选会议，民主讨论。大家推举禹来做继承人。舜死后，禹做了部落联盟的首领。尧舜禹"禅让"的历史传说，是原始社会民主制度的反映。

贤良的人，为人谦逊，待人有礼，做事认真，生活也非常简朴。他暗暗下定决心："我的父亲因为没有治好水，给人民带来了苦难，我一定尽全力完成这项艰巨的任务。"当时，禹结婚才四天，但为了百姓的利益，他毅然与妻子分离，踏上了征程。

禹带领着伯益、后稷和一批助手，跋山涉水，风餐露宿，走遍了当时中原大地的山山水水，穷乡僻壤、人迹罕至的地方都留下了他们的足迹。大禹左手拿着准绳，右手拿着规矩，走到哪里就量到哪里。他吸取了父亲采用堵截方法治水的教训，发明了一种疏导治水的新方法，其要点就是疏通水道，使得水能够顺利地东流入海。

禹把整个中国的山山水水当作一个整体来治理。他根据山川地理情况，将中国分为九个州，即冀州、青州、徐州、兖州、扬州、梁州、豫州、雍州、荆州，他先治理九州的土地，该疏通的疏通，该平整的平整，大量土地变成了肥沃的良田。

然后他治理山，经他治理的山有岐山、荆山、雷首山、太岳山、太行山、常山、砥柱山、碣石山、太华山、大别山等。他治理山的目的就是要疏通水道，不让山堵塞水路，使得水能够顺利往东流去。山路治理好了以后，他就开始理通水脉，长江以北的大多数河流都留下了他治理的痕迹。

他治水讲究的是智慧，如治理黄河上游的龙门山就是如此。龙门山在梁山的北面，禹将黄河水从甘肃的积石山引出，水被疏导到梁山时，被龙门山挡住了，过不去。禹察看了地形，觉得这地方非得凿开不可。但是偌大一个龙门山该如何是好？禹经过考察选择了一个最省工省力的地方，只开了一个八十步宽的口子，就将水引了过去。

在治水过程中，禹和老百姓一起劳动，戴着箬笠，拿着锹子，带头挖土、挑土。由于辛勤工作，他手上长满老茧，小腿上的汗毛被磨光了，长期泡在水中，脚指甲也脱落了。禹为了治水，到处奔波，三次经过自己的家门，都没有进去。有一次，他妻子涂山氏生下了儿子启，婴儿正在哇哇地哭，禹在门外经过，听见哭声，也狠下心没进去探望。

经过十三年的努力，禹终于把洪水引到了大海里，昔日被水淹没的山陵露出了峥嵘，农田变成了

大禹像

米仓，人民又能筑室而居，过上幸福富足的生活。

后代们感念他的功绩，为他修庙筑殿，尊他为"大禹"、"禹神"，我们整个中国也被称为"禹域"，也就是说，这里是大禹曾经治理过的地方。

智慧启迪

在大禹的身上，我们不但能看到一种公而忘私、与百姓同甘共苦的精神，还能看到一种一定要战胜困难的坚定信念。这一切不仅值得我们赞颂，也值得我们学习。尤其是大禹在治水过程中所采取的方法——疏导胜于防范，做事要抓住事物的本质规律——这些对我们的生活、学习都有着深刻的指导意义。比如说，当同学们遇到困难时，是不是也能像大禹一样懂得运用智慧去解决它，而不是一味地硬碰硬。如果同学们能做到这一点，一定会收到事半功倍的效果。

故事小·档案

● 时　　间：公元前 771 年
● 地　　点：陕西骊山
● 人　　物：周幽王、褒姒
● 结　　果：犬戎入侵，西周灭亡

烽火戏诸侯

　　大约三千年前，统治中国的朝代是西周，西周的最高统治者又叫天子。本来西周很强大，可惜传到第十代周幽王的时候，这个朝代便衰落了。

　　周幽王是个昏庸无道的天子，成天只知道饮酒作乐，不理国事，他宠幸一批小人，而疏远那些忠臣。有个叫褒珦的大臣见天子不理朝政，冒死劝谏，结果被周幽王关进了大牢。褒珦的儿子很孝顺，想方设法地想把父亲救出来。

　　有人给他出了个主意，因为周幽王很贪女色，最近派人到处去给他找美女，可送进宫后他一个也不满意，正在发脾气呢。如果能找到个国色天香的女子送给周幽王，那么他肯定会放了褒珦的。

　　褒珦的儿子救父心切，也管不了那么多了，于是带着很多钱去全国各地寻找美女。后来在乡下找到个很漂亮的姑娘，把她好好地打扮了一番，然后送进宫。这个女子算是褒家的人，所以给她取了个名字叫褒姒。

　　周幽王见到褒姒后非常高兴，就把褒珦给放了。他自己却天天在宫里和褒姒鬼混，老是不上朝。后来褒姒给他生了个儿子，取名伯服。

褒姒是个很奇怪的女子，据说她从生下来就没有笑过，在宫里虽然锦衣玉食，享尽了荣华富贵，但她还是成天闷闷不乐。周幽王很是心疼，便想尽了一切办法让褒姒笑，可完全没有用。周幽王急了，通令全国，谁要是能让褒姒笑一下，就能得到一千两黄金。

周幽王手下有个马屁精叫虢叔父，他一肚子的坏水，引诱周幽王干了不少坏事。他一听说周幽王下了这道命令，眼珠一转，鬼主意就出来了。

他找到周幽王，说："大王啊，要王妃笑并不难。骊山那不是有烽火台吗？反正现在国泰民安，也没什么用，干脆把烽火点起来，那些笨诸侯见了烽火，肯定会点齐兵马杀到这儿来的。到时候他们看到根本没有事，肯定灰溜溜地回去，您想这有多可笑啊。王妃见了这场面，肯定会哈哈大笑的！"

原来，在西周的首都镐京附近，有个很强大的少数民族部落叫犬戎，这个部落不但不服西周的统治，反而还经常带兵来攻打西周，烧杀抢掠。西周为了防备犬戎，就在骊山上造了批烽火台，只要台上一点火，就会冒黑烟，很远就能看见。诸侯们见到黑烟就知道犬戎来攻打他们的天子了，就会派兵来救援。这是天子和诸侯们早已规定好的约定。也就是说，烽火台是周天子的警报器，只有危急关头才能使用。这个虢叔父为了那一千两黄金，竟然出了这么个馊主意！

周幽王也是昏庸到家了，他才不想那么多呢，他满脑子都是他那个宝贝褒姒肯不肯笑，听了虢叔父的鬼点子，他立马下令在烽火台摆宴，等他和褒姒到了那儿后马上点烽火。

其实周幽王手下还是有不少好大臣的，大家纷纷劝说周幽王不能这么做。可那昏君哪儿听得进去？说干就干，烽火很快点了起来。

附近的诸侯一看烽火点起来了，都以为犬戎入侵了，赶紧点兵派将，忙得团团转，急急忙忙地往骊山杀去。到那儿一看，哪儿有什么犬戎呀，倒是周幽王和他那个褒姒在那儿喝酒看跳舞，玩得正开心呢！

周幽王看到诸侯们不知所措，笑了，他派人去通知那些诸侯："天下太平，我和王妃闲着没事，点点烽火玩呢，各位辛苦了，快回去吧。"那些诸侯心里叫一个气呀，闹半天被人当猴耍了，可又不敢吭声，只好带着兵马回去了。

褒姒看到那么多军队浩浩荡荡而来，又灰溜溜地走了，场面一团糟，问周幽王这是怎么回事，周幽王告诉了她，她一听，果然哈哈大笑。

周幽王高兴极了，马上派人将一千两黄金送给虢叔父。

周幽王越来越宠褒姒，干脆把王后和太子废了，改立褒姒为王后，伯服为太子。那个被废掉的王后是中国国君的女儿，她父亲知道这事后大

西周诸侯

知识窗

西周时期，中国并不是像现在这样全国都从属于一个中央政权，周天子并不直接管辖全国的事务，而是把土地和人民分给诸侯，由他们来统治。那些诸侯可以拥有行政权、财政权、军队等等，他们只需向周天子定期进贡、朝见以及在周天子打仗的时候出兵支援，除此之外，他们在自己的封地上和天子没什么区别。诸侯是由周天子任命的，主要是西周开国功臣和周天子的兄弟子孙，比如姜太公就被封在齐国，周公旦被封在鲁国，商朝的后代被封在宋国等等。但随着周王朝的衰落，诸侯们渐渐不听周天子的号令了，他们相互攻打兼并，丝毫不把周天子放在眼里，最后由秦始皇统一了天下。

怒，派人联系犬戎，约定一起出兵，擒拿褒姒。

两国军队开到镐京城下，周幽王和褒姒还在饮酒作乐呢。一看到敌人都打到家门口了，赶紧派人去点烽火，以告诉诸侯们，犬戎入侵啦！

大家说那些诸侯还会来吗？他们看到烽火后，破口大骂："上次把我们当猴耍，这次我们还会再上当？！"结果没有一个诸侯出兵，都以为周幽王在耍老把戏等着看他们笑话呢。

烽火点了半天，一个诸侯都没来，镐京的军队并不多，很快就被打败了。犬戎攻进镐京后，一刀一个，把周幽王和伯服杀死，褒姒也被抢走献给他们的大王了。至于那个马屁精虢叔父，也被犬戎砍掉了脑袋，算是恶有恶报。

这下子诸侯们才知道原来真的是犬戎入侵了，这才赶紧点齐军队杀向镐京，把犬戎赶跑。立原来的太子为天子，叫作周平王。

诸侯一走，犬戎又杀了过来，平王觉得镐京这地方不安全，于是就把都城搬到了洛邑。因为镐京在西边，所以历史上把在镐京建都的时期称作西周，而洛邑在东边，所以历史上把在洛邑建都的时期叫作东周。

智慧启迪

人与人之间的和谐关系都是建立在互相信任、互相尊重的基础之上的，如果有哪一方不讲诚信，这种和谐的关系就会轻而易举地被打破，并且受到惩罚的往往也是不守诚信的一方。这个中国版"狼来了"的故事的主人公的下场，之所以比一般性质的不守诚信的人更加悲惨，就因为他的行为更可恨，他不仅不讲诚信，简直是在戏弄别人对自己的信任，拿别人当傻瓜，所以，他的下场就是必然的了。

故事小·档案

● 时　　间：公元前 627 年
● 地　　点：滑国（今河南偃师一带）
● 人　　物：弦高、孟明视、秦穆公
● 结　　果：秦军放弃攻打郑国

弦高退秦军

弦高是郑国的一个普通的商人，他平时经常下乡收购牛拉到洛邑去卖。公元前 627 年的一天，他像平时一样赶着一群牛准备到洛邑去卖个好价钱。走到滑国的时候，他发现前面尘土飞扬，像是有支军队在行军。看他们的行军方向，很明显是朝着自己的老家郑国而去的。

原来，这支军队是秦国派来攻打郑国的。秦国本来和郑国是盟友，秦国还派了两千人马驻扎在郑国都城北门帮助郑国保卫国家呢。但是不久前当时的霸主晋文公死了，晋国实力下降，晋文公在世的时候，秦国碍于他的面子还有晋国的实力，不敢对中原有什么想法。晋文公这一死，秦国就想趁着晋国国力虚弱的时候好好捞上一把，于是就把目标放在了盟友郑国的身上，想乘机出兵，再联合驻扎在郑国的两千人，里应外合，一举灭掉郑国。

当时秦国朝中许多大臣都反对攻打郑国，因为那个时代趁别的国家出丧的时候出兵是被看成很不吉利的行为，更何况秦国军队攻打郑国必然要经过晋国，再说郑国也和晋国结了盟，攻打郑国会得罪晋国。老臣百里奚和蹇叔都极力劝说秦穆公不要攻打郑国，并预言这次出兵一定会失败。秦穆公刚愎自用，不听老臣的意见，一意孤行要出兵，于是任命百里奚的儿子孟明视为大将，蹇叔的儿子白乙丙和西乞术为副将，率领三百辆兵车秘密杀向郑国。此时郑国国内还毫不知情呢。

也许上天根本就不会保佑这种背信弃义的行为吧，本来很秘密的军事行动，半路上却碰到了个弦高。弦高是个很爱国的人，他看到秦军要去攻打自己的祖国，赶紧派人回去报信，自己却留下来想办法拖住秦军。

弦高很聪明，他立刻就想到个好办法。他赶到秦军队伍前，大喊："我是郑国使臣，奉国君之命，特地来犒劳大秦的军队的！"孟明视傻眼了，本来是来偷袭郑国的，没想到才走到半路，郑国的使臣就来犒劳他们了，孟明视很清楚，说得好听是犒劳，明眼人一眼就能看出来这分明是郑国听到风声，派人来警告秦军的嘛。

知识窗

五羖大夫百里奚

百里奚，字子明，楚国宛邑人（今河南南阳），是有名的政治家、军事家。他出身贫寒，满腹才学却无人赏识，直到三十多岁才离开家乡到外闯荡，因为没有后台，一度沦落为乞丐。后在朋友的帮助下去虞国做了大夫。但虞国很快就被晋国灭了，他拒绝为晋国效力，被罚为奴隶。后来晋国将公主嫁到秦国的时候，将他作为陪嫁送到秦国。他半路上逃到了楚国，被楚王任命为养马的人。秦穆公听说他是个人才，想派人重金礼聘他。有人劝谏说楚王要是知道百里奚是人才的话，一定不会放他到秦国来的。他本来是奴隶嘛，干脆就用一个奴隶的价钱（等于五张黑公羊皮）把他赎回来，这样楚王就不会怀疑了。于是百里奚就以五张羊皮的代价被送到了秦国，获得了重用，封侯拜相，大家都戏称他为"五羖大夫"。 羖就是黑公羊皮的意思。

这就说明消息早就传出去了，那还偷袭个啥？孟明视也不傻，他下令要亲自接待使臣，他相信自己的眼光一定能看出那人是不是冒充的。

弦高走到孟明视面前，双手献上礼单，他送给秦军四张熟牛皮和十二头大肥牛，这本来是他要拉到洛邑去卖的。孟明视完全沮丧了，这么厚重的礼物不是谁都能送得起的，再说，也不会有人肯白白送这么多礼物来骗人啊，可见，眼前这位使臣是货真价实的。看来，偷袭郑国的计划已经泡汤了。孟明视还不死心，主动和弦高搭讪，和他聊起了郑国朝中的一些情况。弦高也很清楚孟明视的目的，他也装出一副和郑国重臣很熟的样子，大谈他们的趣事，使得孟明视打消了对他的怀疑。

孟明视见偷袭郑国已经不可能了，心情十分沮丧。弦高为了确认秦军是否真的打消进攻郑国的计划，故意问道："听说贵国派大将军出征,是为了攻打我们郑国？"孟明视吓了一跳，赶紧回答："不，不是，我们是国君派出来巡逻的，嘿嘿……巡逻……"

孟明视看到计划泡汤，又不想白跑一趟，干脆就地把滑国给灭了，然后班师回秦国去了，结果在崤山中了晋国的埋伏，全军覆没。侵略者终于得到了应有的报应。

郑国君臣收到弦高送来的情报后，赶紧去北门侦察那两千秦军的情况。结果发现那支秦军一个个摩拳擦掌，刀枪磨得雪亮，一副马上要打仗的样子。于是知道弦高送来的情报不是假的。郑国国君派人去见那支部队的指挥官，婉转地告诉他们郑国不需要秦国的军队来帮助他们防守都城，给他们下了逐客令。那些人看到这种情况，知道偷袭郑国的计划已经败露，只好带着人马灰溜

溜地离开了郑国。

就这样，郑国这一场亡国的危机因为一个平凡而爱国的商人而化险为夷。弦高也成为中国历史上爱国商人的代表人物之一。

智慧启迪

对于智者来说，从来都没有什么世界末日，一场无可挽回的灾难，智者的一个计谋往往就能够轻而易举地扭转局势。弦高救国的故事正说明了这个道理。而弦高之所以能在那么危急的时刻临危不惧抓住敌人的弱点，让自己的智慧发挥作用，全在他的一颗爱国心、责任心，而这正是他鼓足勇气去面对强大秦军的最大动力。

故事小·档案

● 时　　间：公元前 610 年左右
● 地　　点：楚国
● 人　　物：楚庄王
● 结　　果：楚国从此强大起来，楚庄王也成就了霸业，成
　　　　　　为春秋五霸之一

一鸣惊人

公元前 613 年，楚庄王即位，大家都打心眼里盼望他能带领楚国军民奋发图强，重振楚国的国威。可惜这个国王即位之后除了喝酒打猎，就是听音乐，看跳舞，吃喝玩乐，整个一翻版的周幽王。

大臣们看在眼里，急在心上，这样下去，楚国别说富强了，不亡国就已经谢天谢地了。大臣们纷纷向楚庄王递奏章，提意见，有的人把头都磕破了，可楚庄王半个字都听不进去，该玩还是玩，说不处理国事就不处理国事。就这样，三年过去了。

这三年中，大臣们的意见是一天比一天大，楚庄王也知道大臣们的心思，他也嫌烦，于是下了道诏书，规定不准提他的意见，否则就杀头！这下可把大臣们的嘴给堵住了，谁不怕死呀，朝中立刻就没人给他提意见了。

但不怕死的人始终有，有个叫伍举的大臣实在看不惯他的胡作非为了，于是进宫拜见楚庄王，楚庄王问他有什么事。

伍举说："我有个谜，老是猜不出来，听说大王特别聪明，想请大王猜猜。"

楚庄王乐了："好啊，我最爱猜谜了，快说来听听！"

伍举语重心长地念道："楚国有一只大鸟，长得五彩缤纷，挺好看的，可一停在王宫里就三年，不飞也不叫。请问大王，这是什么鸟？"

楚庄王一听：嘿，这小子有意思，变着法子来骂我啊。他说了："这种鸟可不是凡鸟，不飞则已，一飞就要冲天，不鸣则已，一鸣就惊人！你回去吧，你的意思我都明白。"

一连几天，楚庄王还是老样子，另一个大臣苏从也看不下去了，进宫找到楚王，劝他改过自新。

楚庄王问："你不知道我的禁令吗？难道你不怕死？"

苏从说："我知道啊，可只要大王能改正错误，带领我们楚国繁荣富强，我死算什么？"

楚庄王很感动："我也明白你们是为了国家好，我改就是了。"

楚庄王说到做到，他先把那些引诱他吃喝玩乐的小人统统赶出宫去，然后提拔伍举、苏从等既忠心又能干的大臣，帮助他处理朝政。然后又颁布改革条例，操练军队，很快就强大起来。征服了周围许多部落，一直打到了东周王朝的都城附近，差一点将它灭掉。

楚庄王后来又提拔了一个很有才能的隐士孙叔敖当令尹（相当于丞相），兴修水利，奖励农耕。楚国很快就富强起来，不久，就和当时中原的霸主晋国发生了冲突。

三十多年前，楚国和晋国就打了一仗，楚国大败，从此就被赶出了中原，晋国也凭借那次胜利当上了中原诸侯国的霸主。而楚国历代君臣则把那次失败看成是奇耻大辱，时刻都想着要报仇。但楚国的国力一直都不如晋国，加上国内局势不稳，所以一直都没有力量报仇。

公元前 597 年，楚庄王攻打郑国，郑国向晋国求救。等晋国军队赶到的时候，郑国已经被楚国攻下来了。郑国国君也已经和楚国签订了同盟条约，背叛了晋国。晋国很生气，于是在邲地（今河南郑州市东）和楚国大

城濮之战

公元前 632 年，楚国发兵攻打宋国，宋国当年对晋文公有恩，于是向晋国求救。而晋文公也受过楚国的恩，所以不想和楚国正面冲突。晋文公想了个办法，去打楚国周围的小国，这样楚国就会把攻打宋国的军队抽调过来救这些国家，那么宋国也就安全了。于是晋国打下了卫国和曹国。楚王听说晋国来救，就想退兵，而楚国元帅成得臣不肯，非要和晋国决一死战。两国交战之前，晋文公因为曾经答应过楚王如果两国开战，晋军应当后退三舍（一舍等于三十里），以报答楚王的恩情。所以一开战晋军就主动后退，退到城濮这个地方正好退了九十里地，于是向楚军发起攻击，大败楚军，从此奠定了晋国霸主的地位。

战了一场。晋国军队惨败，许多人在逃跑的时候为了抢夺船只渡河而自相残杀，只有不到一半的人逃了回去。这是晋国历史上败得最惨的一仗。

有人劝楚庄王趁晋军渡河的时候发动攻击，好赶尽杀绝。楚庄王拒绝了，他说："楚国和晋国本来也没什么仇恨，双方关系一直都不错，就是城濮之战失败后，我们国家就一直抬不起头来。现在既然赢了，就已经把耻辱给洗刷掉了。那又何必多杀人呢？"于是下令停止追击，把晋国那些残兵败将给放了回去。

从此以后，楚国就取代了晋国成为霸主国家，而这位一鸣惊人的楚庄王也成了历史上有名的贤王。

智慧启迪

从表面看，这是个"浪子回头金不换"的故事，如果从深层次看，则有"厚积薄发"的深刻含义。不管是哪一层的含义，我们都不能否认其中蕴含了深刻的人生智慧：首先是知错能改，这是一个很可贵的品质，它不仅要求人要具有敢于认错的勇气，更要有改正错误的决心和行动。这种品质不但能够不断调整人们前行的方向，还会让人少走许多弯路；而"小不忍则乱大谋"则的的确确是一个人生大智慧，很多时候，尤其是时机不成熟的时候，忍耐、积累可以说是最好的处事方法，待到时机成熟，自会收到意想不到的效果。

故事小·档案

● 时　　间：约公元前 500 年左右
● 地　　点：中国中原列国
● 人　　物：孔子
● 结　　果：孔子没能实现抱负，最终回到鲁国，著书立说，
　　　　　　留下许多宝贵精神财富

孔夫子周游列国

　　孔子出生的年代是在春秋末期，那时候各个诸侯国相互厮杀攻战，天下很不太平。作为宗主国的东周王朝已经衰落，根本无法挽回这种局面。在这个动乱的时代，一代宗师孔子在他的人生舞台上上演了中国历史上最让人感动的一幕。

　　孔子姓孔名丘，字仲尼，出生在鲁国。鲁国是当时将周代历史文物典籍保存得最好的国家，孔子从小就喜欢学习，很小的时候就用古代祭拜天地祖先的礼仪来玩"过家家"，被人们视为奇才。孔子很小的时候父亲就死了，所以家境贫寒，但孔子并没有因此而放弃学习，十五岁的时候他就拥有很高深的学问了。在三十岁的时候，他开始收徒讲学，是中国历史上第一个开办私学的人，打破了只收贵族子弟入学的"公学"的束缚。从此，平民也可以读书学习了。

　　孔子最欣赏西周初期的礼仪制度，他一生的梦想就是恢复周公时期的礼仪，用"礼"来教化人心，从而实现天下太平，结束当时的战乱。孔子的一生就是为这个理想而奔波，直到死亡将他带走。

当时鲁国的大权掌握在季孙氏、孟孙氏、叔孙氏三家大夫的手里，国君实际上没有实权。在孔子三十五岁那年，国君鲁昭公被三家大夫赶跑，孔子一怒之下跑到齐国，求见齐景公。他向齐景公谈了自己的政治主张，齐景公很敬佩孔子的才学，想用他。但齐国相国晏婴认为他的主张不切实际，最后齐景公就没有用他。孔子只好回到鲁国教书，他的学生越来越多，其中还有许多贵族子弟，他的名声也越来越大。

后来，孔子被任命为司空（相当于工程部长），后来又任命为司寇（相当于司法部长），孔子在任期间把鲁国治理得很好。鲁国的强大引起齐国的不安，于是齐国给鲁定公送去八十名歌女，从此鲁定公开始不理政事。孔子很失望，于是带着学生出走，开始周游列国。

孔子希望能有个国家可以接受他的政治主张，可是当时的大国忙着兼并战争，小国又面临被吞并的危险，没有人理会孔子恢复西周初期礼仪制度的主张。他先后到过很多国家，他们大多对孔子很客气，但没有哪个肯重用他的。

孔子在周游列国的过程中还多次遇到危险。他首先到卫国。卫国国君一开始对

儒家学派

知识窗

"儒"字的含义是主持祭祀的人所戴的礼冠。后来把戴这种礼冠主持祭祀活动的人称为"儒"。但在早期，这种人收入少，社会地位很低。孔子早期就从事这种职业。后来这种人希望改变社会地位，有的还希望能进入政府部门。孔子的思想部分就来源于此。

孔子吸取了道家和周代礼仪以及鲁国传统文化中的精华部分，创立了属于自己的学说。在他死后，他的弟子们继承并发扬了他的思想，逐渐形成了儒家学派。在西汉中期，儒家学派确立了不可动摇的地位，成为统治整个社会的基本道德标准。其影响直到现在还很明显。

他很客气，招待得也很好。但后来开始不信任他了，还派人监视孔子。孔子害怕被害，就逃往陈国。在路过匡地的时候，因为他长得很像当地人痛恨的阳虎，被他们当作是阳虎而围困了五天之久。好容易解了围，孔子想去晋国。结果途中听说晋国内乱，只好返回卫国。谁知道因为拜见卫国国君夫人南子，又引起许多猜疑。孔子只好又去了宋国。在那里他得罪了宋国司马桓魋，差点被杀害。后来他多次往返于陈国和蔡国之间。有一次楚王派人请他，陈蔡二国害怕他到楚国后对他们不利，竟发兵将孔子师徒围困起来，孔子因此断了粮，差点饿死，好容易才等到楚国派兵来解了围。

孔子为了实现自己的理想，克服了种种困难，甚至不惜冒生命危险。但由于他的政治主张不切实际，在外面奔波了七八年，还是没能让别人接受。在他六十八岁的那一年，他的一个学生冉有当了季康子的家臣，受到重用，带兵打败了齐国的军队。冉有劝说季康子将孔子迎回国，季康子用很高的礼节请孔子回到了鲁国。

孔子岁数也很大了，他被鲁国人称为"国老"，很受尊敬。鲁国国君和季康子经常就一些国事来咨询孔子，但始终不重用他。孔子很失望，只好在家整理古代的文献资料，著书立说。孔子整理了《诗经》、《尚书》、《春秋》等多部文献，为保存我国历史资料做出了巨大贡献。这些书后来也成为儒家的经典著作，是每个读书人必须研读的书目。

孔子还教育出了许多优秀的学生，据说他的门徒多达三千人。孔子晚年的时候，他最喜欢的学生颜回早逝，子路战死，这极大地打击了孔子。在公元前479年，孔子从他的人生舞台上走了下来。

孔子死后，他的弟子们继续传播他的学说，形成了中国历史上

最重要、影响最大的思想流派——儒家学派。孔子作为儒家学派的创始人，被公认为我国最伟大的思想家、教育家。孔子虽死，但他的精神永远不死。

智慧启迪

从孔子的一生看，他并不是很顺利，不管是生活，还是仕途，都充满了艰难困苦，但可贵的是，为了实现理想，孔子没有采取逃避的态度，他表现出了百折不挠的精神，也正是这种精神使得孔子不论在生前还是死后的几千年里都受到人们的广泛尊重。孔子对待挫折的态度很值得我们学习，因为只有在困难面前不服输的人，才会获得比别人更多的克服困难的经验和成功的机会。

故事小·档案
● 时　　间：公元前 491 年
● 地　　点：越国
● 人　　物：越王勾践
● 结　　果：越国强大起来，灭掉了吴国

卧薪尝胆

公元前 496 年，吴王阖闾攻打越国，不幸战败，阖闾受了伤，回到吴国没多久就死了。临死前要儿子为他报仇。继位后的吴王夫差时刻不忘报仇，每天都要一个仆人喊："夫差，你忘了越国的杀父之仇了吗？"夫差每次听到后都流着泪说："不，不敢忘。"

吴王夫差在伍子胥的帮助下治理国家，富国强兵，又拜伯嚭为太宰，向他学习打仗的技巧。两年后，吴国兵强马壮，夫差觉得可以报仇了，于是率兵攻打越国。

越国国王勾践率兵迎敌，被吴国军队打得大败，几乎全军覆没。勾践带着仅剩的五千人逃到会稽山躲了起来。后来实在躲不过去了，派人贿赂伯嚭，请他在吴王面前求情，自己也被迫投降。他派范蠡在越国国内四处寻找美女进献给夫差，西施就是其中最美的一个，夫差非常高兴，再加上伯嚭在他面前说勾践的好话，他同意不灭掉越国，也不杀勾践，但要勾践做他的奴隶。伍子胥强烈反对，但丝毫没用。勾践带着夫人和范蠡到了吴国，在吴国受尽了折磨，但为了回国，勾践在夫差面前任劳任怨，连夫差都不忍心了。于是不顾伍子胥的反对，把勾践放回越国。

勾践回国后，时刻不忘报仇。因为国内经过战乱，人口急剧减少，于是他下令奖励生育，鼓励生产，严惩浪费。他害怕舒适的生活会消磨掉他的志气，于是把苦胆挂在屋子里，每天吃饭前都舔舔，以告诫自己不能忘记当年受的苦。他还在床上放满了柴火，上面直接放上被褥，这样在睡觉的时候让那些柴火硌着他的背。他用这种痛苦来提醒自己绝对不能忘记当年受的耻辱。每天他都对自己说："勾践，你忘了会稽山上的耻辱了吗？"平时他还和百姓一起参加劳动，让夫人织布。他不吃肉，他不穿华美的衣服，一心只为了报仇。

勾践在这种氛围里生活了十年，艰苦的生活和复仇的渴望将他的意志磨炼得无比坚强。功夫不负有心人，机会终于来了。

吴王夫差战胜越国后，国力强盛，他已经不满足在南方称霸了，他把目光放在了中原。目光长远的伍子胥深知，吴国最大的威胁不是中原那些国家，而是身边的越国，勾践卧薪尝胆的事瞒不了伍子胥，他一次次地反对夫差出兵中原。而野心勃勃的夫差无论如何都听不进去。公元前490年，齐景公病死，国内一片混乱，夫差认为这是个好机会，于是率兵进攻齐国，大败齐军。夫差很得意，而伍子胥反而更加担心了。后来夫差又和中原国家打了好几仗，都赢了，但是吴国的精锐部队在这些战争中死伤惨重，而夫差光顾着在中原称霸，对越国完全没有防备。

勾践还想尽办法削弱吴国。有一年越国受了灾，向吴国借粮食。伍子胥觉得这是个灭掉越国的好机会，极力反对借粮给越国。夫差没有听他的话，还是借了越国一批救灾粮。第二年越国就把粮食给还了，那些粮食质量非常好，夫差很高兴，就把这些粮食发给农民让他们用来做种子。其实勾践事先就让人把那些粮食蒸熟，然后晒干，看上去和新鲜粮食没什么区别，但是不会生根发芽。结果那一年吴国闹了一场空前的大饥荒，农民们都以为是夫差搞的鬼，都恨透他了。可糊涂的夫差却被蒙在鼓里，还以为是两国水土不同的缘故呢。

公元前482年，勾践乘夫差在中原会盟诸侯，国内空虚，突然召集军队讨伐吴国，很快就打下了吴国的都城，把吴国太子也给俘虏了。夫差赶紧带兵回国，但已经来不及了，他那支部队因为长途劳累，和越军一交战便大败。夫差被迫和越国签订和约，吴国从此成了越国的附属国。

勾践本来挺同情夫差的，打算收兵回越国去。但手下大臣劝他："大王，您今天放过了吴国，难道夫差就不会像您当年那样吗？"

这句话说到勾践心坎上了，于是在公元前473年，又一次兴兵攻打吴国，这一次是赶尽杀绝，把吴国给灭掉了。夫差觉得很羞愧，自杀了。至于那个吃里爬外的伯嚭还以为自己可以继续当大官呢，结果被

知识窗

伍子胥

伍子胥，又名伍员，楚国人。那个给楚庄王讲一鸣惊人故事的伍举就是他的祖先。伍家世世代代在楚国做大官，对楚国忠心耿耿。当时楚国国王楚平王是个昏君，听了别人的谗言，把伍子胥的父亲和哥哥给杀了。伍子胥一个人逃了出来，他发誓一定要为父兄报仇。他在外流浪了很多年，好容易到了吴国。为了报仇，他投靠当时吴国公子姬光，帮助他夺得了吴国王位，姬光就是吴王阖闾。伍子胥帮助吴国改革朝政，富国强兵，最终带领吴国军队打败了楚国，报了大仇。阖闾死后，他又辅佐夫差，因为与夫差政见不合，被逼自杀。千百年以来，伍子胥一直被作为忠义之士的象征而受到人们的尊敬。

勾践给杀了。

从此以后，越国代替吴国，成为当时中华大地的霸主。勾践卧薪尝胆的故事也从此流传千古。

智慧启迪

实力不够强大，遭受巨大失败，都不是最可怕的事情，因为只要意志不垮，认真分析失败、弱小的原因，再不断总结经验教训，根据形势调整自己的对策，就会变弱为强，获得成功。相反，如果在失败面前，放弃努力，不去奋发图强，就注定会失败。学习也是一样，一次考试失败不算什么，只要能及时总结经验教训，有针对性地调整自己的学习方法，并且更加努力，下一次一定会考好的。

孙膑和庞涓

相传战国时代有个隐士名叫鬼谷子，他有两个学生：一个叫孙膑，齐国人，是大军事家孙武的后裔；一个叫庞涓，魏国人。他们俩在鬼谷子那儿学习兵法。孙膑很老实，学习也很认真，庞涓很聪明，但心术不正。所以鬼谷子只把《孙子兵法》教给了孙膑，而没有教给庞涓。

后来庞涓听说魏惠王在招纳贤才，他认为自己的本领已经学得差不多了，于是向老师告辞，鬼谷子同意让他下山。孙膑去送他，庞涓告诉孙膑，如果自己在魏国混得不错，就一定会推荐孙膑，哥儿俩共享荣华富贵。

庞涓到魏国后果然受到重用，多次带领军队打败别的国家，魏王很器重他。但他早就把当初对孙膑许下的诺言抛在脑后了。

但孙膑的名声已经传到了魏王的耳朵里了，他派人将孙膑请到魏国。庞涓知道后很不高兴，他清楚孙膑的本事比他大，害怕自己的位子会被孙膑夺走。

后来他知道孙膑学习过《孙子兵法》，就很想得到这部兵书，于

《孙膑兵法》

《孙膑兵法》是战国中期杰出军事家孙膑所著。该书集中了他的军事思想，是一笔宝贵的精神财富，大约在东汉末年失传。1972年在山东临沂县银雀山汉墓出土了一批竹简，经考证就是《孙膑兵法》。1975年，文物出版社出版了简本《孙膑兵法》，分上下两编，各十五篇。至此，《孙膑兵法》才得以被世人所认知。

是诬陷孙膑勾结外国，将孙膑的膝盖骨挖掉，脸上也刺了字。他还假装好人，把孙膑接到家里，要孙膑写出《孙子兵法》，等书一到手就把孙膑害死。

孙膑并不知道庞涓的险恶用心，还用心默写《孙子兵法》。后来好心人告诉了他事实真相，孙膑才明白自己上当了。于是他假装发疯，把默写好的书稿烧掉，然后成天在街头流浪。庞涓并不放心，派人日夜监视孙膑，谨防他逃走。

齐国大将田忌知道了这件事，想办法把孙膑救回了齐国，养在家里。孙膑帮助田忌在一次赛马中获胜，齐王很赏识他，封他为军师。

公元前354年，庞涓率兵攻打赵国，一直打到赵国都城邯郸。赵国向齐国求救，齐国派田忌和孙膑率领军队前去救援。

孙膑建议不要直接去救援赵国，而是趁魏国国内空虚，绕道进攻魏国都城大梁，迫使庞涓放弃围攻赵国回军救援，这就是历史上有名的"围魏救赵"。

孙膑在桂陵一带设下埋伏，大败魏军，一战成名。

公元前342年，魏国又派庞涓攻打韩国。这次齐国还是派田忌和孙膑前去救援。孙膑仍然用老办法算计庞涓，把军队开往魏国，进攻大梁。庞涓气得发疯，但又没有办法，只能回军救援。

这次形势对齐军不利，庞涓的部队和魏国国内驻防的部队联合

夹击他们，像上次那样单靠设埋伏是不行的。孙膑想出了"减灶诱敌"的办法，第一天齐军留下了十多万个灶，把庞涓吓了一跳，以为齐军人马众多，接下来要打场硬仗了。

可是第二天齐军只留下了五万个灶，第三天更少，只有三万多个灶了。孙膑的目的就是要让庞涓以为齐军士气低落，天天都有很多人逃跑，所以留下的灶越来越少，这就表示人也越来越少。

庞涓果然中计了，他哈哈大笑："我就知道齐人怕死，你们看才三天时间，他们就逃跑了一大半，这次我们一定能取胜，报十三年前桂陵大败的血海深仇！大家抓紧时间进军，一定要活捉田忌和孙膑！"

庞涓为了加快行军速度，自己先带骑兵追击齐军，把速度慢的步兵留在后面。孙膑不慌不忙，把魏军诱入齐国马陵一带，这下就可以收获胜利果实了。

孙膑利用有利地形，埋伏了大批弓箭手，等庞涓部队一进入包围圈，万箭齐发，把魏军全部射死，庞涓也被迫自杀。

这一仗极大地削弱了魏国的实力，从此以后魏国国力大衰，再也没有频繁发动对外战争的能力了。而孙膑也一跃成为当时最有名气的军事家。

智慧启迪

真正的朋友，纯洁的友谊，是人生非常宝贵的财富，所以，当人们碰到真正的友谊的时候，通常都会分外地珍惜，哪怕朋友的能力比自己强，朋友的水平比自己高。可是，庞涓却不这样，面对朋友的长处，他不但不知道向对方学习，提高能力，而是嫉妒朋友，欺骗朋友，甚至还采取卑鄙的手段陷害朋友，这种做法实在不符合为友之道，所以，他就落了个可悲的下场。

故事小·档案

● 时　　间：公元前359年
● 地　　点：秦国
● 人　　物：商鞅
● 结　　果：树立了商鞅的威信，为变法成功打下了基础

南门立木

　　战国初期，秦国是战国七雄中最落后的一个国家，因为它地靠西北，同中原交往相对较少，所以风俗习惯不太一样，被其他六个国家瞧不起。加上秦国国内政变频繁，国力一直不强，和邻国魏国打仗总是输，所以公元前361年秦孝公即位后一心想改变这种状况。

　　秦孝公向各地搜罗人才，卫国人商鞅也来到了秦国。他一连三次觐见秦孝公，终于获得了信任，被任命为左庶长（相当于中原诸侯国的卿，是高级官职）。

　　商鞅是卫国的贵族，从小就对刑名之学感兴趣，刑名之学就是主张治国应该健全法制，用法律的力量来约束人民。他的老师是著名法家人物李悝。商鞅很年轻的时候就去了魏国，但不受重用，他听说秦国正在招纳人才，于是跑到秦国想碰碰运气。没想到秦孝公这么赏识他，他决定要为秦国的富强出一把力。

　　当时秦国的政治制度相当落后，贵族有很大势力，而且秦国人脾气暴躁，动不动就动刀子，但又不肯为国家打仗。针对这种情况，商鞅决定推行改革。但他新上任，没什么威信，用什么办法才能让

老百姓相信自己呢?

有一天，在秦国都城南门，一群士兵把一根三丈长的木头竖了起来。在旁边贴上榜文，宣布左庶长下令，谁要是能把这根木头搬到北门，马上就能获得十金（秦国一金等于二十四两黄金）。这下子可把老百姓都吸引过来了。大家围在南门议论纷纷，都觉得挺奇怪，把木头扛到北门倒也不是什么难事，普通的青壮年都能办到。但正因为不是什么难事，那又为什么给这么高的赏金呢? 大家都怀疑这里面有鬼，但又舍不得那十金，都不肯散开，也没人敢去扛那木头。

商鞅见没人去搬木头，于是下令把赏金提高到五十金。这下大家更怀疑了，心想这便宜也太大了，哪儿有天上掉馅饼的事呀，更没人肯上去搬了。

终于有一个男子从人群中挤了出来，说: "我来试试。"说完就把那木头扛在了肩上，毫不费力地把它搬到了北门。围观的人都担心他会不会有什么事，反正没人相信他能拿到那赏金。结果出乎大家的意料，商鞅立刻拿出五十金赏给了那个男子，那人一下子就发了大财。围观的人那叫一个后悔啊，早知

秦国的由来

秦国的祖先本来是商代的大官，商被周灭掉后，他们被发配到西北边疆地区。周穆王时期，有个叫造父的人马养得非常好，穆王很赏识他，因为当时北方少数民族经常骚扰中原，于是就把造父封在赵城（今山西赵城），让他防御北方的少数民族。这就是秦国的前身，当时还只是个很小的国家，连爵位都没有，只算个附庸国。后来秦仲即位后，因为反抗犬戎的进攻，立了大功，被赐封子爵，从此秦国才正式有了地位。后来周幽王被犬戎所杀，秦襄公出兵保护周平王即位，赶走了犬戎，被封为伯爵，秦国才成为一个大国。

道自己就去搬了，真是钱掉在自己面前都不去捡。但大家从此也树立了一个信念："左庶长说话绝不含糊！"

商鞅通过这件事树立了威信，大家都知道他言出必行，于是商鞅开始了他的改革计划。首先他制定法令，规定取消王公贵族的终身制待遇，一切看军功，不管是谁，只要打仗勇敢，立了大功，就可以享受很好的待遇。但谁要是贪生怕死，即使是贵族，也要取消优待，甚至治罪。这条法令一颁布，王公贵族纷纷反对，但商鞅丝毫不通融，大家通过南门立木的事也知道他说一不二，秦孝公也支持他，那些反对的声音才逐渐消失。

后来商鞅还规定奖励生产，严禁浪费和懒惰。凡是生产粮食和布匹多的人家，可以免除官差，而那些因为懒惰而变穷的人，就得到官府做奴隶。

新法实行后效果非常明显，大家都勇于作战，忙于生产，军队战斗力上去了，国家也开始富裕起来，国力增强了许多，把以前一直欺负他们的魏国也给打败了。秦孝公非常高兴，晋升商鞅为大良造（就是相国兼将军）。公元前361年，商鞅又开始了第二次改革，将以前落后的井田制废除，奖励开荒种地，地方上行政实行郡县制，将权力集中在中央，迁都咸阳，另外规定不管是谁违法，都要治罪。一时间秦国社会风气大大好转，很少有人敢犯法了。

但那些贵族还是很不满意，他们教唆太子犯法，想看商鞅的笑话。商鞅不能处罚太子，于是把太子的老师抓了起来，因为太子犯法算他们教导不严，也是有罪的。结果两个老师一个给割了鼻子，一个在脸上刺了字。大家一看商鞅连太子的老师都敢动，一个个吓得不敢再动坏心眼了，乖乖地接受了商鞅的改革。

秦孝公死后，那些仇恨商鞅的贵族联合起来唆使新王把商鞅抓了起来，并施以五马分尸的刑罚。商鞅虽然死了，但他所定下来的法律仍然被沿用了下来，秦国靠商鞅的法律逐渐富强，最后统一了全国。

智慧启迪

信守诺言，是做事的前提，也是做人的根本，这正是商鞅用心良苦的原因。可是，现实生活中却有人不信这个理，偏偏奉行"老实人吃亏"，"你守信对方不一定守信"，以致出现了诚信危机。这实在是现代人的悲哀，因为无数事实证明，信守承诺的人最终并不吃亏，而且还会因此获得许多极有价值的东西，正如一句名言说的那样："信誉是成功的基石，有多少人信任你，你就拥有多少次成功的机会。"

故事小·档案

● 时　　间：公元前 4 世纪左右
● 地　　点：赵国
● 人　　物：赵武灵王
● 结　　果：赵国坚持改革，逐渐强大了起来

赵武灵王胡服骑射

　　战国七雄里面，赵国算是一个比较弱小的国家，总是受到邻国的欺负，由于经常陷入和邻国的战争中，赵国国力衰落得很快，就连中山那样的三流小国它都打不过。赵武灵王即位后，又被秦国和魏国打得大败，不得不割地赔款，而林胡和楼烦等部落趁火打劫，频频派兵掠夺赵国边境，赵国连还手之力都没有。赵武灵王对这种情况很不满意，他决心要改变赵国的地位。

　　当时中原各国打仗普遍使用步兵和战车，其中战车是作战的主要手段。战车虽然威力比较大，但是非常笨重，地形稍微坎坷点就无法行驶，而北方的胡人以骑兵为主，行动灵活方便。中原人习惯穿宽袖子的长袍，行动起来非常不方便，而胡人习惯穿窄袖子的短衣，脚蹬皮靴，不管是打仗还是平时做事都非常方便。赵武灵王决定模仿胡人在赵国进行改革。

　　他对一名叫作楼缓的大臣说："我们赵国被燕国、齐国、秦国、韩国、东胡、林胡和中山等国包围着，如果我们再不奋发图强的话，迟早会被别人灭掉。我想仿效胡人，学习他们骑马射箭的本领，并

改穿他们的衣服，这样打仗的时候就方便多了，你看怎么样？"楼缓很赞成他的意见。

消息传出去后大家纷纷反对，赵武灵王于是找另一个大臣肥义商量："现在大家都反对我改革，可要是不改革我们迟早会亡国，你觉得我该怎么办？"

肥义说："要干大事就不能犹豫，否则是干不了大事的。我听说舜去有苗部落的地方时，就和他们一起跳舞，而大禹到习惯赤身裸体的部落去的时候也什么都不穿，他们都不顾及别人的看法，大王您还怕什么呢？"

赵武灵王说："我是决定要改革的，就是怕天下人笑话我。但是愚蠢的人笑话我又算得了什么？就算天下人都耻笑我，但我必定

赵武灵王之死

赵武灵王虽然是一个优秀的君王，但他一生中还是犯了个大错误，正是这个错误让他丧了命。赵武灵王很喜欢小儿子赵何的母亲，于是他把太子赵章废掉，立赵何为太子。赵何即位后，赵武灵王又觉得赵章很可怜，于是想把赵国分成两份，两兄弟一人一份。正在这个时候，赵章叛变了。政变很快就被镇压了，赵章却捡了一条命。为了逃脱追杀，他跑到赵武灵王那里寻求保护。赵武灵王本来就很同情他，于是便收留了他。追杀赵章的人却不给赵武灵王面子，攻破了赵武灵王居住的沙丘宫，将赵章拖出来杀掉了。那些人怕赵武灵王报复他们，于是把沙丘宫团团围住，并下令："宫里的人最后出来的杀头。"于是里面的人争先恐后地跑了出来。赵武灵王又没办法出去，只好一个人待在里面。待久了粮食都吃光了，只好掏麻雀窝里的小麻雀来吃。赵武灵王足足被困了三个月之久，最后什么都吃光了，活活饿死在沙丘宫里。一代伟大君王就这样窝囊地死去了。

会通过改革征服中山和胡人的！"

于是他毅然穿上了胡服，他知道公子成是反对得最激烈的人，于是找公子成谈话，苦口婆心地劝说了好久，才打动了公子成，并马上赐给公子成一套胡服。大臣们见公子成都穿上胡服了，于是只好服从了命令。开始的时候大家还觉得怪怪的，后来习惯之后觉得胡服确实比以前的衣服方便了不少。为了训练骑兵，赵武灵王首先攻占了原阳（今内蒙古呼和浩特东南黑水河一带），那里地势平坦，有广阔的草原，非常适合养马和训练骑兵。于是，原阳便成了赵武灵王胡服骑射的试点地区。

很快，通过胡服骑射的改革，赵国训练出了一支强大的骑兵部队，公元前305年，赵武灵王亲自带兵攻打中山，获得了胜利。他又接连打败了林胡和楼烦，把俘虏到的楼烦骑兵编入赵国军队。同时，为了防备胡人入侵，他修筑了长城。赵国的领土扩张了不少，成为当时能和秦国并称的强大国家。

赵武灵王因为长期带兵打仗，国内的事就交给太子打理。公元前299年，赵武灵王干脆将王位传给太子赵何，就是赵惠文王。赵武灵王自称为赵主父，就是国王父亲的意思。赵主父觉得秦国是赵国最大的威胁，于是打算袭击秦国。

赵主父是个有勇有谋的人，他为了刺探秦国的情报，将自己打扮成一个普通的使臣，混入赵国出使秦国的代表团里，想观察秦国的地形和秦王的为人。到了秦国首都咸阳后，他见到了秦王，以使臣的身份向秦王递交了国书。

秦王不知道他就是赵主父，只是觉得这个人相貌雄伟，看上去不像个大臣。过了几天，赵主父带着人不告而别，秦王非常怀疑，

派人去追赶，等追到边境的时候才知道赵主父已经离开好几天了。当时还留下了一个赵国人，秦王把他叫来一问才知道，那个使臣原来就是赵主父，吓了一大跳。

赵主父通过出使秦国，发现秦国确实不太容易攻打，现在攻打秦国的时机还没有成熟。他决定先攻打别的地方，等势力巩固了再作打算。于是他继续带兵四处打仗，又给赵国夺得了不少地盘。不久，他将中山国给灭掉了。

正当赵主父雄心勃勃推行他的作战计划的时候，由于发生政变，他不幸去世，赵国便停止了对外扩张，丧失了发展自己的绝好机会。

智慧启迪

做事情要有一往无前的勇气，如果一味地瞻前顾后，受别人的言语左右，就会使自己失去前行的方向和信心，到最后什么事都做不成。也就是说，一个人在做事的时候，一定要相信自己的眼光，别人的意见可以参考，但却不能让它影响自己的正确决定。

故事小·档案

● 时　间：公元前 279 年前后
● 地　点：赵国
● 人　物：蔺相如、廉颇
● 结　果：两人矛盾化解，结为好友，一起保卫赵国

将　相　和

公元前 283 年，秦王派使者拜访赵王，说秦国愿意用十五座城池换赵王手上的无价之宝和氏璧。赵王担心秦王不讲信用，不想换，但不换又怕秦国以这个为借口开战。左右为难之时，有人推荐蔺相如，说他有本事，口才好，应该可以帮上忙。于是赵王就派蔺相如去给秦王送璧。

蔺相如到了秦国后，把和氏璧交给秦王欣赏。秦王拿到璧后赞不绝口，顺手交给旁边的人让他们也开开眼界，只是绝口不提用城换的事。蔺相如知道秦王想要赖，赶紧想了个办法。

他告诉秦王，说那璧上有个小疤痕，不仔细看还看不出来。秦王相信了，把璧还给了他，蔺相如拿到璧后死也不肯交出来了，后来他想办法把和氏璧送回了国。秦王拿他没办法，只好把他放了。

赵王认为蔺相如立了大功，让他做了大官。

公元前 279 年，秦王请赵王到渑池（今河南渑池县西）赴宴。赵王事先在附近布置了军队以防不测，然后带着蔺相如去了。

在酒席当中，秦王对赵王说："听说大王精通音乐，我想请大

和氏璧

古代楚国有个人叫卞和，他发现了一块玉璞，把它献给了楚厉王。那些玉匠说那只是块石头，于是认为卞和是骗子，砍去了他一只脚。后来楚武王即位，卞和又把那玉璞献去，结果又被砍掉了一只脚。楚文王即位后，卞和抱着玉在路边大哭，文王问他为什么哭。他说："我不是哭自己的两只脚都被砍了，我是哭这么好的一块玉被人说成是石头，那么这世上有多少宝玉被埋没了啊！"文王叫人把玉璞凿开，发现里面果然是块美玉，于是做成玉璧，为纪念卞和，取名和氏璧。后来这块玉落入赵王之手，秦国统一全国后，将和氏璧雕刻成玉玺，这是中国历史上最有名的一块玉玺，可惜至今下落不明，如果重现人间，将是最珍贵的文物。

王鼓瑟（中国古代的一种乐器，有点像古筝）。"赵王没办法，只好弹了首曲子。谁知道秦王身边的人马上把这事记了下来，还念道："某年某月某日，赵王为秦王鼓瑟。"这可把赵王脸都气绿了，蔺相如也生气了，灵机一动，他拿了个瓦盆上来，对秦王说："刚才赵王弹了首曲子，我听说大王很能击缶（类似于瓦盆的东西，西北少数民族偶尔会敲打来打拍子，蔺相如还有个意思是讽刺秦王来自西北偏远地区，只配玩这种低俗的乐器），所以想请大王演奏一曲。"秦王脸一下白了，不理他。蔺相如上前一步说："今天我和大王只隔了五步，大王要是驳了我这个面子，我就把我的血溅到大王身上去！"

秦王被他吓住了，只好勉强拿根棍子在那瓦盆上敲了几下。蔺相如大声念道："某年某月某日，秦王为赵王击缶！"

就这样，蔺相如又一次维护了赵国的尊严。回国后，赵王更加高兴了，封蔺相如为上卿，比廉颇要高半级。

廉颇很不服气，认为自己的地位全是在战场上真刀真枪拼出来的，蔺相如只靠一张嘴，居然爬到自己头上来了，越想越恼火。于是，廉颇放出话来："别看蔺相如那小子现在得意，哪天要碰到我，非给他个好看的！"

这话很快就传到蔺相如耳朵里了，他装作没听见。有一次在街上远远看到廉颇的车跑过来，他赶紧命令车夫拐弯，免得碰上廉颇。

他手下的门客可忍不了这口气，有几个找到蔺相如，问："当初我们几个来投靠您，是因为佩服您的勇气和才智。结果现在廉颇那小子都放出话来要收拾您了，您却躲躲闪闪的，您地位还比他高，干吗这么怕他？我们觉得这样下去都抬不起头来，还是告辞了。"

蔺相如拦住了他们，问道："秦王厉害还是廉将军厉害？"

门客回答："那还用问，当然秦王厉害了。"

"对喽，我连秦王都敢当面斥责，难道还会怕廉将军吗？我是这样想的，我们赵国国力弱，全靠君臣一心团结才能抵挡秦国。如果我和廉将军闹矛盾，那上下都不团结了，秦国就会乘虚而入。所以我忍让廉将军，不是怕他，而是不想我们赵国将相不和，自己削弱自己啊！"

廉颇听说这事后，非常羞愧，觉得自己器量太小了。他背着荆条到蔺相如家里去，给蔺相如道歉："我是个粗人，不懂什么礼节，以前不知道您器量这么大，多有得罪，请您打我吧！"

蔺相如把廉颇拉了起来："将军劳苦功高，又是我的前辈，怎么能给我赔礼呢？您不责怪我已经很好了。"

从此两人结下了深深的友情，共同辅佐赵王，此后几十年内别的国家都不敢打赵国的主意。

智慧启迪

在"将相和"故事中，蔺相如表现出了足够的顾全大局的美德。顾全大局不是人人都能做到的，要做到顾全大局不但要有一定的眼光，更需要一定的胸襟。蔺相如就是这样，他不但能将国家、集体的利益置于个人利益之上，还能够为了国家利益而容忍别人对自己的伤害。由此可见，顾全大局这种美德，绝不是谁都能够有的精神境界。

蔺相如雨屈秦王

故事小·档案

● 时　　间：公元前 260 年
● 地　　点：楚国寿春
● 人　　物：毛遂、平原君、楚考烈王
● 结　　果：楚国同意出兵援赵

毛遂自荐

长平之战后，秦军大举进攻，一直打到赵国都城邯郸城下，赵国的强壮士兵都在长平战死了，剩下的都是老弱残兵，根本无法抵挡秦军攻击，赵国眼看就要亡国了。

赵王也很着急，赶紧派使臣到各国去请求援兵，当时赵国的相国平原君也知道事关重大，主动请求派他去楚国求援，赵王同意了。

平原君想带二十个文武双全的门客去楚国，一方面可以保护自己，另一方面也有炫耀人才的意思。平原君是当时有名的"战国四公子"之一，手下有三千名门客，但从中东挑西选，文武双全的人不管怎么找都只有十九个。管家挠破了头也想不出第二十个应该找谁。

这个时候，一个衣着破旧的门客站了出来，问道："听说君侯要找二十个文武双全的人陪伴去楚国，但现在还差一个，我觉得我可以凑这个数。"平原君看这个人相貌平平，又很面生，就问道："敢问先生尊姓大名，到我这儿多长时间了？"

那人回答："我叫毛遂，已经在这待了三年了。"

平原君很不高兴："我听说有才能的人在这个世界上，就好像一把锥子放在袋子里，不一会就能钻个洞出来。而先生在我这儿待了三年，我还没听说过先生有什么本事呢。"那意思就是讽刺毛遂没有才能，所以待三年还没让他知道。

毛遂不慌不忙地回答："我今天才要让你看到这个锥子，以前你根本没把我放在袋子里，怎么能看到我钻出来呢？现在我就给你个机会把我放在袋子里，你就知道我能不能钻个洞出来了。"

周围的人都嘲笑毛遂，认为他很狂妄。平原君却觉得他口才不错，于是就把他算在那二十个当中，带到楚国去了。

到了楚国都城寿春的王宫，平原君上殿和楚王谈判，那些门客就在下面等待。平原君口水都说干了，可楚王就是不肯发兵，也难怪，谁不怕秦国到时候来报复啊？

那些门客等了半天，都有点不耐烦了。有人怂恿毛遂："毛先生，这下该你展示口才啦。"

毛遂也不推辞，走上殿去，右手按剑，对楚王叫道："什么事要说这么久啊，等得烦死了！"

楚王很奇怪，问平原君："这人是谁呀？"

平原君回答："这是我的门客毛遂先生。"

楚王大怒："我和你的主人在讨

毛遂像

论国家大事，你一个小小门客上来捣什么乱！"

毛遂也怒了："你凭什么当着我主人的面这么呵斥我？不就仗着楚国的军队吗？现在我离你这么近，你那些军队有用吗？你们楚国号称地大物博，雄兵百万，和秦国打赢过吗？一个破白起，带了几万人，一仗就把你们首都占了，再一仗又占了新首都，第三仗更好，把你们楚国历代国王的陵墓都烧了！你的爷爷楚怀王就是被骗到秦国活活气死的，天下人都替楚国害臊呢！大王你就不感到羞耻吗？今天我们来和你们联合对抗秦国，不光是为了我们赵国，也是为了楚国呀！"

楚王听了这些话感到很羞愧，加上毛遂气势汹汹的样子，手里还按着剑，他还真怕毛遂砍他一剑呢。于是答应和赵国联合，和平原君签订了同盟条约，并下令春申君带领八万人去增援赵国。

战国四公子

知识窗

战国时期，各个国家为了争夺霸权，也防止自己被吞并掉，开始广泛吸纳人才。其中一些高官贵族凭借自己的财力和影响，也招募一些有才能的人投奔自己门下，管吃管住，其中特别优秀的还推荐做官。这些贵族中最出名的有四个人：齐国的孟尝君田文、魏国的信陵君魏无忌、赵国的平原君赵胜和楚国的春申君黄歇。这四个人各自手下都养了超过三千人的门客，作为他们的政治资本。另外，其他国家也不敢打他们的主意。曾经有人嘲笑过信陵君，结果第二天那些嘲笑他的人全部被信陵君手下的门客杀掉了。可见门客越多，其中有本事的人也越多，一般人是惹不起他们的。当然，里面也有没本事，纯粹为混饭吃的人。秦国统一中国后，禁止养门客，那些门客中的一部分进入政府部门或军队，跨入统治阶级行列，另一部分流落江湖，成为侠客的前身。

毛遂下殿后对那十九个文武双全的人说："看见了吧，有句话叫沾别人的光，说的就是你们这些人哪。"

回国后，平原君很赏识毛遂，认为他立了大功，于是把他奉为上宾。从此，"毛遂自荐"这个词也就传开了。

智慧启迪

谦虚谨慎是必要的，但是每个人都有自己的优点和特长，当遇到适合自己能做的事情，并且自己也完全能做好的时候仍然表现得很谦虚，那就是没有自信的表现。这样不仅会让自己的能力得不到锻炼，还会失去许多成功的机会。所以，我们就应该像毛遂那样，如果自己能够做到，就可以自告奋勇地站出来，大声地告诉世界：我能行！

扫码获取更多资源

故事小·档案

● 时　　间：公元前207年
● 地　　点：巨鹿（今河北邢台地区）
● 人　　物：项羽
● 结　　果：消灭了秦军主力，为灭亡秦朝奠定了基础

破釜沉舟

秦始皇统一中国后，统治非常残暴。他死后，他的小儿子胡亥通过阴谋手段夺得皇位，比他父亲还残暴。人民不堪忍受压迫，纷纷起义，各地都有起义军。其中势力最强的，要算项梁、项羽叔侄率领的起义军了。

项梁针对当时人民同情楚国的心理，找到楚怀王的孙子，立他为帝，称作义帝。实际上是个傀儡，没有任何实权，但名义上是领袖，便于团结各地起义军。

项梁由于轻敌中了埋伏，很快就战死了，项羽为了报仇，强烈要求亲自率军攻打秦国首都咸阳。但义帝等人害怕项羽力量太强不好控制，加上项羽比较残暴，不利于统治，所以派遣比较仁厚的刘邦去攻打咸阳。而项羽则被任命为宋义的副将，前去救援被章邯围攻的赵国巨鹿。

公元前207年，救援大军赶到了安阳（今山东曹县东）。但主将宋义却下令按兵不动，他害怕秦军过于强大，想等秦军和赵军两败俱伤的时候再发动攻击。

项羽却忍不住了，找到宋义要求带兵出战，宋义却拒绝了，说是要等待时机。这一等就是四十六天，他成天在大营里喝酒作乐，根本不提救援的事。

项羽急了，冲到营帐里，对宋义说："现在赵国情势危急，要是我们再不出兵，他们肯定顶不住的！"

宋义冷笑一声，说道："我就是要等他们打得两败俱伤啊，到时候咱们再进军，不就可以捡个大便宜了吗？要论冲锋陷阵，我不如你，可要是论出谋划策，将军可就不如我啦！"言下之意就是说项羽你小子也就是个莽夫，没什么了不起。

项羽很生气，但宋义是大将，自己拿他没办法，只好气冲冲地回到自己营帐里。

宋义随后下了道命令："凡是猛如虎，狠如羊，贪如狼还不听命令的人，一律杀头。"这明显就是冲着项羽说的。

项羽哪儿忍得下这口气？正好当天宋义的儿子被任命为齐国的

胡亥阴谋篡位

公元前210年，秦始皇在他第五次巡游的路上，在山东的平原津生了重病，走到沙丘宫的时候病死。当时为了不引起内乱，他的死作为秘密，除了丞相李斯、宦官赵高、小儿子胡亥和几个侍卫之外没有人知道。当时太子是扶苏，他和赵高关系不好，赵高害怕他即位后对自己不利，于是勾结李斯篡改遗诏，伪称改立胡亥为太子。回到咸阳后，胡亥即位，伪造诏书，要扶苏自杀。扶苏很孝顺，以为父亲真的要自己死，于是自杀了。胡亥还害怕别的兄弟姐妹不服，于是下令把秦始皇别的子女全部杀死，其他对自己有威胁或者不服自己即位的大臣也统统杀掉，就连李斯后来也被杀掉了。胡亥是个无能又残暴的皇帝，他和赵高两个把秦国搞得乌烟瘴气，最后葬送了整个秦国江山。

相国，宋义大摆宴席送他，当时天寒地冻，将士们冷得要死，而宋义父子却饮酒作乐，项羽实在忍不住了，冲进宋义营帐把宋义给杀掉了，又派人追上宋义的儿子，把他也干掉了。然后他召集全军将士，宣布自己代任大将，率领大家前去救援赵国。大家早就对宋义不满了，纷纷表态愿意跟随项羽。

项羽将部队开到漳河边，大家刚渡完河，项羽下令全军将士只带三天的口粮，把做饭的锅都摔碎，把船都凿沉，帐篷什么的全给烧掉。大家都愣了，这不是断了自己的退路吗？

项羽给大家解释："秦军强大，我们必须速战速决，把锅子摔碎可以轻装上阵，船和帐篷都毁掉就是为了断绝后路，这样我们就必须打赢，赢了就什么都有，输了的话，我们也不用回来了！"

这一招迫使他们意识到如果打不赢只能死路一条，于是士气大振，恨不得马上把秦军消灭掉。

项羽率军包围了秦军，一连冲锋了九次，楚军一个个拼死奋战，以一当百，秦军从来没有见过这么不要命的部队，根本挡不住他们凌厉的攻势，节节败退，而楚军则越战越勇，杀声震天，很快就将秦军击溃，秦国大将苏角被杀死，王离被俘，章邯只好带着残兵败将杀出重围逃跑了。

当时来救援赵国的还有很多别的诸侯部队，但他们都畏缩不前，当项羽他们和秦军大战的时候，他们在附近偷看，发现楚军的战斗力如此之强，都怕得不得了。项羽赶走秦军后，请他们到自己这里来庆功，那些将军走到项羽帐前都不由自主地跪了下来，不敢抬起头来看项羽。从此以后，这些诸侯都奉项羽为领袖。

这一仗歼灭了秦军主力，项羽也成为起义军实际上的首领，接下来，就是要和另一个起义军首领刘邦争夺天下了。

智慧启迪

做事就应该有"破釜沉舟"的勇气，不给自己留后路，因为人往往是在没有退路的时候才能爆发出平时所没有的潜力，从而完成似乎是不可能完成的任务。同样，在事情进行当中，也常会遇到很大的困难，这时我们也可以试着把自己置于一种近乎绝望的境地，以激励自己勇往直前，从而获得成功。人生就需要一种拼劲，培养出自己的拼劲，是人生一笔宝贵的财富。

故事小·档案

● 时　　间：公元前 206 年
● 地　　点：关中
● 人　　物：刘邦
● 结　　果：迅速赢得了关中民心，为刘邦统治关中奠定
　　　　　　了基础

约法三章

公元前 206 年，刘邦率军进攻关中，由于秦朝的主力部队都在巨鹿和项羽作战，所以刘邦势如破竹，很快就进军咸阳城下。当时秦朝丞相赵高见情况不妙，赶紧想办法把皇帝胡亥毒死，另外立了个叫子婴的皇族成员当皇帝。子婴很清楚赵高不是个好东西，于是故意推辞，等赵高亲自去子婴家请他的时候，他带领手下的卫兵把赵高给杀了。

子婴也很害怕起义军的力量，刚即位就宣布放弃皇帝称号，改称秦王。然后派人向刘邦表示了投降的意思。刘邦也不想打仗，因为他深知日后肯定要和项羽争夺天下的，便不想在这里损耗兵力，于是同意子婴投降。

刘邦进入咸阳后，发现王宫的豪华程度简直超过了他的想象，于是搬进了王宫，真想一辈子都住里面，士兵和将领们也急忙去抢金银珠宝。只有萧何一个人跑到秦国的图书馆里面把那些档案文书当宝贝似的封存起来。刘邦觉得很奇怪，问萧何："那些破烂有什么用啊？您还当个宝。"萧何反问："您是想夺天下呢，还是只想

当个诸侯？"刘邦毫不犹豫地回答："废话，当然要天下了！""那好，要天下的话这些东西就有用，不想要天下的话那就去抢珠宝吧。"果然不出萧何意料，这些秦朝的档案在日后的战争中发挥了非常重要的作用，全靠它们，萧何才能准确知道在哪儿征兵，到哪儿征收粮草。这都是后话了。

张良和樊哙找上门来，对刘邦说："王宫是住不得的，毕竟这是帝王才能住的地方，您现在住进去，岂不是告诉别人您想当帝王吗？现在我们名义上还是义帝的部下，所以请您收敛点。况且现在最重要的是稳定关中百姓的民心，您住在宫里就不能准确知道外面的情况了。"

刘邦也是个豪杰，听得进正确意见，于是马上搬出了王宫，还下令把王宫封了起来，免得有人进去偷东西，另外专门派了些士兵驻守在里面，保护里面的财宝。然后他带着军队搬到灞上去住了。

过了几天，刘邦听说自己的手下在当地为非作歹，到处抢钱，抢女人，买东西不给钱，甚至还有杀人的。刘邦很生气，他很清楚这样会让他失掉民心，不利于他争夺天下。

为了取得百姓

知识窗

秦朝法律

秦始皇统一中国后，颁布了封建法律，对农田水利、货币流通、徭役征发、刑徒监管、官吏任免、军爵赏赐等各方面都做了严格具体的规定。律文相当严密繁苛，甚至"盗采"别人桑叶不满一钱者，也要判处30天劳役。秦朝法律的严酷从刑名中也可见一斑，比如，斩首、断裂肢体、弃市、斩左趾、钛足、刺面、削鼻子等。秦始皇不仅制定了严苛的刑法，而且执法严暴，甚至亲自断狱，动则杀人，把数十万人变成国家的囚徒，以致出现"赭衣（犯人）塞路，囹圄成市"的局面。

的支持，收买人心，他召集百姓公开宣布："我知道秦朝的法律太严，太苛刻了，大家都被害得很苦。现在我灭掉了秦朝，我宣布，废除秦朝所有的法律，从今天开始，实施我颁布的法律：一、杀人者偿命；二、伤害别人的要判罪；三、盗窃者也要判罪。就这三条，咱们约法三章，其他的法律全部取消！"老百姓都高兴得欢呼起来。

刘邦颁布完法令后，又把自己部队里这段时间犯法的几个士兵抓了起来，当着老百姓的面，该杀的杀，该关的关，该打的打，让老百姓觉得这支部队确实纪律严明，打心眼里佩服刘邦。于是纷纷拿出好吃的和好喝的出来慰劳刘邦的军队。

因为刘邦和项羽当初带兵出来的时候，和义帝有过约定，谁要是先打下咸阳，以后论功行赏的时候就把关中这块地方封给谁。关中地区土地肥沃，物产丰富，地势又比较险要，谁要是占据了关中，谁就有了一块可靠的根据地，就可以为日后争夺天下增加一个很重的砝码。所以刘邦做梦都想在关中称王。现在他把关中百姓的人心都给收买到他这儿来了，连关中的百姓都日夜盼望能让刘邦做关中王。

后来项羽也赶到了咸阳，他虽然来得比刘邦晚，但他的军队数量和战斗力远远超过刘邦，而且他是名义上的首领，所以刘邦不得不把关中的行政大权交给项羽。项羽可没有刘邦那么好的政治头脑，他也恨透了秦朝的残暴统治，但他采取的是比较极端的报复手段。首先把已经投降了的秦王子婴还有秦国的贵族们集中起来全部杀掉，然后一把火把秦始皇花了一生心血，耗费几百万人十几年劳动的阿房宫烧掉，这把火足足烧了三个月。他还纵容士兵到处抢劫，弄得关中百姓恨透了他，以至于后来刘邦攻打当时任关中王的章邯等人时，百姓们纷纷主动替刘邦的军队效力，让刘邦很容易就打下了关中，奠定了统治基础。

智慧启迪

没有规矩，不成方圆，人生活在这个世界上，必然要遵守一定的规矩，就像玩游戏一定要遵守游戏规则一样，不然到最后谁都无法继续下去。规矩定出来的目的不是为了束缚人，而是通过让人约束自己的言行，从而使自己和别人获益。比如上课的时候不准讲话，表面上看是使喜欢上课讲话的同学没有了自由，实际上，这条规定让这些同学通过更加专心的听讲，学到了更多的知识，也给其他同学减少了许多干扰。

故事小·档案

● 时　　间：公元前 3 世纪前期
● 地　　点：江苏淮阴
● 人　　物：韩信
● 结　　果：韩信忍辱负重，最终成就大业

胯下之辱

　　韩信是淮阴（今属江苏）人，自幼父母双亡，家境贫寒，但韩信很喜欢读书，尤其对兵书很感兴趣，从小就胸有大志。但他经常连饭都吃不饱，只好常到河边钓鱼来换点饭钱。当时他常常到亭长家里蹭饭吃，亭长对他倒不错，可亭长夫人很不高兴，后来他每次来吃饭，亭长夫人都说没饭了，他也知道人家看不起他，于是再也不去了。当时有个靠给人家洗衣服赚钱的老婆婆很同情他，经常带饭给他吃。他很感激，对老婆婆说："我今后要是富贵了，一定报答您。"老婆婆很生气："我帮助你是因为看你这个人有志气，今后一定有出息，哪儿是图你的报答！"韩信很羞愧，但心里却很敬佩老婆婆，暗自发誓今后发达了一定要重重回报老婆婆的恩德。

　　韩信喜欢舞剑，所以到哪儿腰上都佩着一把剑。市场上的流氓很看不惯他，认为这个穷小子没资格佩着一把剑学大侠，于是有一天在集市上把韩信拦住了。一个屠夫嘲笑韩信："你小子连饭都吃不起，成天佩着把剑冒充侠客，一副好像很勇猛的样子，其实大家都知道你是个胆小鬼。今天你敢不敢用那破剑把我头砍下来？敢的

汉初三杰

刘邦夺得天下后，在庆功宴上问大臣："我为什么能战胜项羽呢？"群臣的回答都不得要领。刘邦于是说："我之所以能有今天，其实是我能用人才，像出谋划策，我不如张良；维持地方行政，搜集粮草，我不如萧何；打仗我又不如韩信。这三个人都是当今的豪杰，而都被我用了。至于项羽，他连一个范增都不能用，凭什么和我争？"大臣们听了都很佩服刘邦的眼光。

从此以后，人们就把张良、萧何和韩信并称为汉初三杰。

话证明你是勇士，不敢的话就从我胯下钻过去！"

要人从胯下钻过去是对人非常大的侮辱，韩信顿时气血都涌上头来了，平时所受的侮辱和白眼今天历历在目，胸中的怒火随时都会爆发出来。他真的很想一剑刺进那个屠夫的胸口，出出胸中那口恶气。但他转念一想，自己还有远大的抱负，还有理想没有实现，要是今天把那个屠夫杀死，那就得坐牢甚至被判死刑，那么自己的理想和抱负怎么去实现？人一死就一了百了，今后再也没有出人头地的机会了。可怎么能钻别人的胯下呢？今天要是钻了，以后在家乡还能抬起头做人吗？

韩信觉得这种选择太残忍了，他闭上双眼，努力压抑心中的怒火。突然，他睁开了眼睛。那些流氓吓了一跳，还以为他要动手了。没想到韩信居然趴了下来，四肢并用，一步一步地朝那个蹲着马步的屠夫爬了过去。

围观的人群爆发出一阵哄笑："哈哈哈，这小子还真钻啊？""嘿，没见过这么怕死的人。""他脸皮可真厚啊！""以后他还有脸待在这啊？"

那些小孩子也朝他扔石块："胆小鬼，胆小鬼！"

　　韩信离那屠夫只有几米远，可韩信却觉得那段距离好长好长，屈辱感充斥了他整个心胸，他告诉自己，一定要活下去，让这帮人看看，今天这个被他们嘲笑的人，日后却得让他们跪着和自己说话！

　　韩信开始钻屠夫的胯了，场面达到了最高潮，大家都屏住呼吸，抱着一种施虐的心理观看这一出欺负弱者的场面。他们不知道，自己将成为一个伟大人物在贫贱时期屈辱的见证人。

　　韩信钻胯钻到一半时，那个屠夫竟然将双腿夹紧，把韩信的身体夹在胯下，哈哈大笑："哈哈哈哈，没用的东西，让你钻老爷的胯是给你面子，老爷还嫌你脑袋脏呢！"

　　韩信拼命忍住屈辱的泪水，他知道，不能在这些人面前哭，眼泪只能助长他们的气焰，对自己一点帮助都没有。他只希望赶快结束这场闹剧，让噩梦般的一天早点过去。

　　围观的人走了，那个屠夫也带着胜利的笑容和伙伴们吃酒去了。韩信一个人躲在自己那个破草屋里咬着嘴唇试图忘记今天这场屈辱。

　　"不，绝不能忘记！为了今后不再受这种耻辱，我一定要出人头地！"

　　终于，在公元前 209 年，他参加了项梁率领的西楚起义军，一开始他并没有受到重视，于是他便投靠了刘邦，结果也没受到重用。他一气之下跑了。幸好当时刘邦手下最受信任的大臣萧何很器重他，听说他跑了后，赶紧连夜把他追了回来，又在刘邦面前极力推荐。刘邦接纳了萧何的意见，拜韩信为大将军，韩信终于出人头地了。

　　后来韩信运用自己的军事才能替刘邦打了一个又一个胜仗，最后在和项羽的决战中设下十面埋伏，一举击败项羽，帮助刘邦夺得了天下。他因为劳苦功高而被封为楚王。回到家乡后，当年让他钻胯的那个屠夫吓得躲了起来。韩信大人不计小人过，派人找到他，不但没有惩罚他，反而让他在军队里当了个小军官。至于那位老婆婆，韩信送给她一千两黄金作为报答。还有那个亭长，韩信只给了他一百个铜钱，告诉他："你是个小人，因为你做好事不能善始善终。"

就这样，遭受过胯下之辱的韩信，终于成就了一番事业。

智慧启迪

韩信的故事告诉我们，人生不如意的事很多，有的时候还可能会遭受侮辱，并且有些侮辱也是必须忍受的，因为它和自己的前程相比实在是不值一提的。当然，这里所说的忍受并不是盲目忍受，而是不能盲目冲动。试想，如果韩信当时不忍下那口气，他还能成就自己的一番大业吗？与人相处也是一样，如果我们什么事都斤斤计较，遇到一点委屈就受不了，那将会与人产生多少误会，将会失去多少朋友？甚至酿出许多可怕的后果。有的误会恐怕永远都没有了澄清的机会。

故事小·档案
- ● 时　　间：公元前193年
- ● 地　　点：西汉长安
- ● 人　　物：曹参
- ● 结　　果：汉朝初期经济得到恢复，人民生活逐渐安定

萧规曹随

　　汉朝刚建立的时候，汉高祖任命萧何当丞相，萧何受黄老学说影响很大，他认为战乱刚刚结束，应该给百姓一个安定太平的环境，给大家休养生息的时间。当时社会经济受到非常大的破坏，就连刘邦自己都找不出四匹颜色相同的马来给自己拉车，一般的大臣连马车都没得坐，只能坐牛拉的车。在这种条件下，如果还像秦朝那样实行很严酷的法律的话，汉朝的统治肯定维持不了几年。

　　萧何在任期间，基本的思想就是重农抑商，也就是重视农业，奖励生产，鼓励开发荒地。他认为商人是一种投机取巧的行当，如果大家都去经商的话，就没有人生产了，所以他对商人作了很多限制，比如你就是再有钱也不能穿丝衣服之类的。总之就是鼓励大家多生产，一起勤劳致富。另外萧何还经常减税。当然，所谓减税是减人头税，土地税之类的是不减的，但总是减轻了点农民的负担。因为萧何的政策适应了当时的社会环境，所以西汉初期人民生活水平逐渐提高，国力也增强了不少。

　　公元前195年，刘邦去世，他的儿子汉惠帝即位。刘邦临死的时候，

惠帝问他："要是萧何死了，谁能接任他的位子？"刘邦回答："是曹参。曹参死了后让王陵继任，不过要派陈平和周勃当王陵的助手，至于以后再由谁继任，那就不是你能考虑到的事了。"

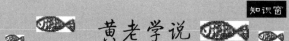

黄老学说

黄指的是黄帝，老指的是老子李耳。这个学说实际上是道家的一个流派，它把黄帝作为该学说的创始人，这个当然是不对的。黄老学说应该是在战国的时候才起源的，它将道家和法家的思想融合在一起，政治上强调"无为而治"，尽量少剥削人民，反对浪费。这个学说要求统治者尽量不要干涉人民的生产生活，也不要发动战争，而是鼓励人民生产物质财富。该学说在西汉初期成为统治思想，后来逐渐退出了历史舞台，但它对道教的产生影响很大。

公元前193年，萧何去世，汉惠帝想起汉高祖当年的遗训，于是任命曹参当丞相。曹参年轻的时候和萧何是同僚，和刘邦是从小玩到大的朋友。刘邦起义后，他跟随刘邦南征北战，立了不少战功，但他的地位始终比不上萧何，所以两人的关系一直不太好。但萧何很清楚曹参的才干，在他病重期间，汉惠帝去探望他，说起想要曹参接替他的位子，他很高兴地说："如果是曹参接替我的话，那我死也放心了。"

曹参在汉朝刚建立的时候，被刘邦派到齐地当相国，他去咨询当地一个叫盖公的很有名望的人，盖公主张清静无为，曹参觉得很有道理。所以在他任齐相期间，一直不怎么打搅老百姓，齐这个地方被他治理得很安定。

他当上丞相以后天天饮酒作乐，也不怎么处理政事，当年萧何定下的法案他一个字都不改，反正让手下人照着做就是了，他落得

个清闲自在。

很多大臣觉得这样不妥，觉得他太无所作为了，于是纷纷找上门去劝解他。可他一看有人来找他就请那人喝酒，等来人喝得醉醺醺什么话也说不了了就把客人送回去，这样大家就没法跟他讲国家大事。

汉惠帝觉得曹参是在摆架子，心里很不高兴，但曹参毕竟是老臣，他也不好当面询问。正好曹参的儿子在宫里当差，惠帝就让他回去这样跟父亲说："高祖皇帝驾崩，现在的皇帝又年轻，正需要您老人家来辅佐。可是您成天就喝酒，一点事都不管，这样下去，天下要乱套的。"

那孩子回家把这话跟父亲说了，曹参大怒，把他儿子狠狠揍了一顿，说："天下大事也是你小孩子问的？你当好侍从伺候好皇上就行了！"

汉惠帝知道这事后很不高兴，终于有一天上朝的时候单独把曹参留了下来问他："你儿子问你那事是我要问的，你干吗把他打得那么惨？"

曹参赶紧道歉，然后问道："请问陛下一个问题，陛下和高祖比，哪一个更英明？"

汉惠帝不假思索地说："当然是高祖皇帝了。"

曹参又问："那我和萧何丞相，哪个更能干些？"

汉惠帝想了一会儿，不好意思地说："好像萧何大人更好一些。"

曹参很高兴："这就对了，您不如高祖，我不如萧何丞相，那么既然他们已经给我们定出了很好的法令政策了，凭我们的能力只要按照他们的话去做，那肯定不会出什么差错，也能把国家给治理好的。"

汉惠帝这才明白过来："原来是这样啊，您说得很有道理！"

曹参当了三年丞相就去世了，但他遵循萧何生前定下来的政策丝毫不敢改变，为西汉初期经济和国力的恢复做出了自己的贡献。

智慧启迪

创新是好事，应该鼓励，因为一旦突破了旧思想的束缚，就会产生许多意想不到的创造。但这并不代表过去的东西都要抛弃，优秀的传统文化是要继承并发扬的。作为小学生，更应该努力学习，只有掌握了足够多的知识，才能推陈出新。牛顿就曾说过，他有如此的成就，就是因为吸取了前人的研究成果。另外，我们学习的时候，如果哪个同学有特别好的学习方法，也不妨借鉴过来。

故事小·档案

● 时　　间：公元前 2 世纪
● 地　　点：汉朝边境地区
● 人　　物：李广
● 结　　果：李广一生都郁郁不得志，最后惨死，但他的
　　　　　　精神受千百万人所景仰

飞将军李广

　　李广的祖先是秦朝大将李信，他家世世代代都喜欢习武，李广受家庭的影响，从小就喜欢骑马射箭，他的箭法尤其神奇，是当地有名的神射手。

　　公元前 166 年，李广为了抗击匈奴的入侵，毅然报名参军。由于他箭法高超，在战斗中射死了不少敌人，立了许多大功，被晋升为郎中，进宫侍奉皇帝。他经常陪汉文帝打猎，百发百中的箭法让文帝惊叹不已，文帝对他说："你可惜生不逢时，现在只能陪我打猎，你要是出生在高祖打天下的时代的话，万户侯对你来说又算什么呢？"

　　汉景帝时期，当时有七个国家造反，李广参加了平叛的大军，在战斗中他表现非常勇敢，在攻打昌邑的时候，他抢先夺得了敌人的帅旗，立了大功。但他因为私自接受了梁王的封赏（封建时代，接受除皇帝以外的人的封赏是有罪的），所以没有得到朝廷的赏赐。

　　李广后来被调到上谷当太守，他成天都在那里和匈奴打仗，朝

廷怕他惹麻烦，把他调到了上郡。后来李广被调到了很多地方，不管到了哪里，他都以能打硬仗，作战勇敢而出名。

公元前140年，李广被派到前线和匈奴作战，匈奴人知道李广很厉害，于是设下埋伏，用比李广人马多好几倍的兵力把他包围住，一定要活捉他。李广带人左冲右突，但由于寡不敌众，被敌人打伤掉下马来当了俘虏。在匈奴人押解他的途中，李广趁敌人不注意，抢得了一匹马逃跑，匈奴人紧紧追赶，被他一箭一个射下马去，匈奴人被他的箭法吓住了，于是停止了追击。从此匈奴人给李广起了个"飞将军"的绰号，对他又敬又怕。

李广好不容易回到了中原，但由于打了败仗，反而被朝廷判了死罪。当时有规定，有罪的人可以用钱来赎罪。李广变卖了家产，捡回一条命，回家当了老百姓。

匈奴人听说李广被革职回了家，于是又来侵略汉朝，汉朝其他的将军不是匈奴的对手，一连吃了好几个败仗。汉武帝没有办法，只好重新任命李广为右北平太守，匈奴听说李广在右北平当太

知识窗

汉匈之战

汉初，因为国力太弱，汉高祖面对匈奴的侵犯只好采取和亲的政策。到了汉武帝时期，随着国力日渐强盛，武帝认为反击匈奴的时机已经成熟，于是在公元前133年，命韩安国等率兵三十万，埋伏于马邑（今山西朔县）的山谷中，并派人诱匈奴军队南下，虽然因为匈奴单于发觉了汉朝军队的计谋，没有交战，但从此双方断绝和亲。但汉武帝并未就此罢休，在公元前129年～前119年十年间，先后派遣卫青、霍去病等率军主动出击，相继取得河套、河西等地区，建立朔方、五原、武威、酒泉等郡，并分进合击，深入漠北。在十余次的交锋过程中，匈奴主力损失惨重，被迫远逃。在汉匈之战中，汉朝取得了决定性胜利。

守，一连好几年都不敢去那个地方骚扰。

公元前120年，李广以六十多岁的高龄带领四千人马出征匈奴，中途被四万匈奴骑兵包围，李广率领手下拼死抵抗，死伤过半，箭也快射完了。李广命令士兵不准再放箭，他一个人站在阵前，来一个匈奴人就射一个，一连射死好几个匈奴的将官。匈奴人怕得要死，再一听说那个老头就是"飞将军"，更是吓得不敢乱动。李广就这样撑到了第二天援兵到来。

李广从军四十多年，打过不少大仗，他有好多部下都因功而被封侯，可他一直没有被封侯（封侯就是赐给封地，是对立过大功的人的一种规格比较高的赏赐，当时的人把这种赏赐看得比升官还重），他觉得自己很倒霉，就去问当时有名的算命先生王朔。他功劳那么多，而他的那些部下功劳没他大，才能也不如他，可就是他封不了侯，这是为什么？王朔问道："将军有没有做过什么亏心事呢？"李广回答："我这辈子做过最让自己后悔的事就是当年任陇西太守的时候，有几百个羌族人来投降，我把他们给杀了。"王朔说："这就对了，杀害已经投降的人罪过是很大的，所以你这辈子都封不了侯。"

其实王朔根本就是在胡说八道，李广之所以封不了侯多半还是运气不好。他立的功劳大多是些个人上的勇猛，而不是有关大局的功劳，另外他名气虽大，也多次挽救了部队，但在汉朝，最看重是否打了胜仗，李广吃亏就在这里。因为他名气大，匈奴每次和他打仗都是出动最精锐的部队，用几倍的兵力和他打，所以他很少打胜仗。

公元前119年，李广主动上书要求参加出击匈奴的战役，他认为这是他这辈子封侯的最后希望了。汉武帝勉强同意了，但暗中嘱咐大将军卫青，不要让李广正面与匈奴交锋。李广看到自己没有立功的机会很生气，好容易争到机会让他去和另一支部队会合，结果他在半路上迷路而错失战机。于是被追究责任，李广又气又羞愧，最后拔剑自杀了。

李广虽然在有生之年凭借个人努力一次次拼搏，最后却失败了，但是后人对他的评价非常高，认为他是个集才气和勇敢于一身的武将，后来李广作为英勇抗击外来侵略者的象征而受到后世的景仰。

智慧启迪

"这个世界上，没有人能够使你倒下。如果你自己的信念还站立着的话。"这是著名的黑人领袖马丁·路德·金的名言。在李广身上，我们也能看到这样的品质，为了抗击匈奴，即使在最困难的时候，在众多的误解面前，他都没有熄灭心中那把信念之火。可见，信念对于一个人来说，是绝对不可少的精神支柱。

扫码获取
更多资源

故事小·档案

- 时　　间：公元前 1 世纪初
- 地　　点：西汉长安城
- 人　　物：司马迁
- 结　　果：司马迁克服了重重困难，终于完成《史记》

司马迁发愤著《史记》

司马迁出生在一个史官世家里，他的父亲司马谈就是汉朝的太史令。司马迁从小受家庭的影响，十岁就开始读古书，并向当时的大学问家董仲舒学习《公羊春秋》，又拜另一个大学问家孔安国为师，向他学习《古文尚书》，所以他很年轻的时候就很有学问了。二十岁的时候他开始漫游全国，足迹踏遍了我国的名山大川，这次旅行开拓了他的眼界，也为他写《史记》积累了不少材料。后来他踏入政界，先后担任过多种官职，他父亲死后，他继任太史令，凭借自己的博学多才受到汉武帝的赏识。

他父亲司马谈生前很想写一部史书，可惜还没开始动笔就死了。司马迁决心完成父亲这个遗愿。他就任太史令后，可以任意取阅国家图书馆收藏的图书，他惊喜地发现原来里面有那么多好书，他如饥似渴地阅读，积累了不少材料。大约在公元前 104 年左右，他开始动笔撰写《史记》。

公元前 99 年，汉武帝派贰师将军李广利率兵出击匈奴，结果被打了个落花流水，几乎全军覆没。当时有个叫李陵的都尉带领五千

步兵深入敌后，结果遭到匈奴骑兵的包围。李陵和手下的士兵拼死突围，前前后后杀了五六千匈奴骑兵，但由于寡不敌众，最后只有四百多人逃回来，多数都战死了，李陵被俘虏后被迫投降。

司马迁像

当时这件事轰动一时，汉武帝下令把李陵全家都抓起来，然后召集大臣开会，讨论如何给李陵定罪。许多大臣都认为李陵不该投降，所以要严惩他的家人。而司马迁的意见则不同。他和李陵是好朋友，很了解他，他认为李陵带了那么少的兵深入敌后，本身就是指挥官调度的失误，不能怪在李陵头上。况且以步兵对付占人数优势的骑兵居然还能杀死那么多人，已经很不容易了。再说李陵这个人一直很爱国，这次他投降一定有特别的理由，他一定会找机会立功回来的。

汉武帝大怒，他认为司马迁是把罪名推到李广利头上，而李广利又是他最宠爱的妃子的哥哥，所以司马迁是在讽刺他，于是斥责司马迁："你为那种叛国的人辩护，可见你也是和他一伙的，来人，把他给我抓起来！"

司马迁为朋友辩护结果自己被抓进了大牢，汉武帝正在气头上，说什么也不肯饶了司马迁，但他又确实喜欢司马迁的才华，于是最后给司马迁判了腐刑。腐刑就是阉割，对于男人来说这是最大的耻

知识窗

董仲舒

西汉著名思想家、教育家。他是广川人（今河北省枣强县广川），从小就很好学，对儒家经典著作非常感兴趣，很早就出了名，许多人仰慕他的才学而拜他为师，当时很多人称他为"汉代孔子"。他在汉景帝时期就在政府里担任博士官，武帝时期召集天下有才学的人咨询问对，董仲舒写的三篇对策都非常精彩，名列榜首。这三篇对策都成为后来汉朝主要的文化教育政策。他提出了"罢黜百家、独尊儒术"的主张，从此统一了中国的主流思想，儒学成为唯一被统治者推崇的治国思想。董仲舒一生培养了许多人才，他们后来都成为汉朝的重要官员或者学术大家，董仲舒不愧"汉代孔子"的称号。

辱，很多人宁愿死也不愿受这种刑罚。司马迁受刑后也想到了死，但他更想到《史记》还没写完，他还不能死，于是忍辱负重接受了腐刑。

司马迁精通历史，他想起历史上很多在逆境中做出成就的古人的例子，像孙膑膝盖骨给剔了，写了《孙膑兵法》，传说左丘明眼睛瞎了，写了《国语》等等，既然古人的这些著作都是在逆境中写出来的，为什么自己就不可以呢？他决定等不及出狱再动笔了，在监狱里就写了起来。

司马迁从自己说真话反而获罪这件事上看到了专制君主的无情和社会的不公，他想通过写《史记》来揭露统治者荒淫无道的一面，所以在他的笔下，汉武帝的形象就不怎么好。

后来汉武帝冷静下来后，觉得司马迁也没犯什么大过错，就把他放了出来，还让他当太史令。司马迁虽然境遇好了很多，但他一直闷闷不乐，只有在写书的时候才有激情。

公元前93年左右，司马迁终于完成了《史记》这部中国历史上水平最高的史书。《史记》一共一百三十卷，五十多万字。司马迁

在《史记》里面歌颂了像陈胜、吴广还有项羽这样的失败了的英雄，也揭露了贵族官僚阶层的丑恶嘴脸。他不光写那些历史上的伟人，他也把一些平民百姓写进了《史记》当中。这部论著人物形象鲜明，语言生动，这使得《史记》这本书不仅仅在史学上价值很高，而且在文学上也是一部不可多得的名著。鲁迅先生就很精辟地评价了《史记》这本书：史家之绝唱，无韵之离骚。司马迁也凭借这本书成为我国历史上无可争议的伟大史学家。

智慧启迪

伟大的音乐家贝多芬曾经说过："我要扼住命运的咽喉，它休想让我屈服。"这是强者的宣言，也是每一个人面对挫折时应有的态度。在现实生活中，总会有数不清的困难和挫折存在，完全一帆风顺是不存在的。当我们遭遇挫折时，就应该像司马迁那样，不但要让它成为前进的动力，还要在抗争困难、战胜挫折中寻找满足和快乐，使得整个前进的过程都充满了乐趣。只有这样，才能实现自己的夙愿。

故事小·档案
● 时　　间：公元前73年
● 地　　点：西域鄯善（在今新疆境内）
● 人　　物：班超
● 结　　果：消灭了匈奴使节团，取得了外交胜利

不入虎穴，焉得虎子

汉光武帝统治时期，有个大学问家叫班彪，他被聘请写一部关于西汉的历史书。他有两个儿子班固和班超，还有个女儿叫班昭，都很有学问，他们在父亲身边帮助父亲编写史书。

班彪死后，就由班固继续完成父亲未竟的工作，班超帮助哥哥抄写，久而久之，班超坐不住了。他从小就喜欢舞刀弄枪，有一身好武艺，他听说朝廷要和匈奴开战，扔下笔气愤地说："大丈夫应当为国效力，去边疆立功，怎么可以老死在书房里面？"于是他就去从军了。

他投靠在大将军窦固门下，窦固知道他是班彪的儿子，很有学问，于是很器重他。公元73年，窦固率军攻打匈奴，班超在军队里做了个代理司马的职务，立了不少战功。

当时西域有很多国家受匈奴的压迫，他们早就不满匈奴地统治了，但又不敢背叛匈奴。窦固知道这事后想拉拢那些国家，一方面可以削弱匈奴的实力，孤立匈奴，另一方面也为自己进军减少很多麻烦。于是他派班超为使节，带领三十六个人先去鄯善国游说国王。

班固与《汉书》

班固是我国伟大的历史学家，他花了一生的心血写出了一部史书巨著《汉书》。这部书是我国第一部断代史纪传体的史书，全书共一百篇，一百二十卷，九十多万字，叙述了从汉高祖刘邦元年到王莽地皇四年的史事。这部书还没写完，班固就死了，其中的八表和天文志是班固的妹妹班昭和学生马续补写的。《汉书》将儒家思想作为主导写作思想，表明在东汉的时候，儒家思想占了统治地位。另外，班固喜欢用生僻字，因此这部书比较难读懂。

班超到了鄯善国后受到了很好的招待，但过了几天后，他发现鄯善国的人开始冷淡起来，就起了疑心，把手下的人叫到一起对他们说："前几天他们还对咱们挺热情的，可这两天突然就冷淡下来了，我估计肯定是匈奴的使者来了，他们怕匈奴人知道他们和汉朝有联系，所以就巴结匈奴人了。"

于是班超等鄯善国送酒食的人过来后，突然揪住他的脖子问道："我早就知道匈奴的使者来了，他们来了几天，住在哪儿？"

鄯善国本来打算把匈奴人来了的事瞒着班超他们的，那个人经班超一吓，还以为他们真的知道了呢，于是一五一十地告诉了他们匈奴使者的详细情况。

班超把那人关了起来，然后对手下人说："我们千里迢迢来到西域，无非是想建功立业，但我们到鄯善国后，匈奴人才来了几天，他们对我们的态度就变了这么多，要是他们把我们抓起来献给匈奴人，那咱们一个也活不了！"

大家伙说："那你说怎么办吧，我们都听你的！"

班超横下一条心，对大家说："不入虎穴，焉得虎子？（不钻进老虎洞里，怎么能掏出小老虎来？）现在只能这样，反正匈奴人住

的地方离咱们这不远，干脆今天晚上趁天黑，咱们偷偷跑到他们的帐篷那，一些人放火，一些人冲锋，打他们个措手不及，把人都杀了，鄯善王怕匈奴怪罪下来担当不起，就只能投靠汉朝了。"

大家都觉得这是个好办法，于是连夜赶到匈奴人的营帐那里，边放火边杀，那些匈奴人从睡梦中惊醒，还不知道发生了什么事就糊里糊涂掉了脑袋。鄯善王吓坏了，他害怕匈奴人报复，只好向班超表示效忠汉朝并和班超举行了结盟仪式。

班超圆满完成了使命回到汉朝，汉明帝很高兴，提拔他做了军司马，然后又派他去了别的国家。班超充分发挥自己的聪明才智和勇敢的冒险精神，克服种种困难，圆满完成了所有任务，重新恢复了中原和西域之间断绝多年的联系。所以，班超为我国民族团结和共同繁荣做出了重要贡献！班超在西域一待就是三十多年，一直服务于汉朝和西域人民的来往交流，他是我国历史上杰出的外交家和军事家。

智慧启迪

"不入虎穴，焉得虎子"说的是不亲历艰险就不能取得成功。这实际上说的是一种冒险精神。回眸人类演进的历程，如果我们的祖先没有冒险精神，人类恐怕就不会有今天，所以，我们说正是冒险精神点燃了人类文明的火炬。正如美国现代心理学之父威廉·詹姆斯说的那样："某些时候我们坚定不移的冒险精神，常常是取得胜利的唯一法宝。"但是，冒险不等于莽撞和失控，只有注重科学性、规律性和创造性的冒险，才能产生超越自我的力量。

● 时　　间：公元前33年
● 地　　点：西汉长安
● 人　　物：王昭君
● 结　　果：王昭君嫁到匈奴，为匈奴和西汉的和平做出
　　　　　　了贡献

昭君出塞

匈奴本来一直很强大，但后来汉武帝多次对它发动战争，将其主力部队歼灭，国力从此衰落，匈奴的贵族不但不奋发图强，反而因为争夺权力而不断闹起内讧，导致国力越来越弱。后来，匈奴被分成五部分，每一块都有自己的单于（就是国王的意思），他们之间相互攻杀，战争不断。

其中有一个单于叫呼韩邪，他被哥哥打败，军队死伤惨重。他知道汉朝很强大，于是想通过投靠汉朝来增强自己的实力。于是他和大臣们商量好，想亲自去长安朝见汉宣帝。

汉朝和匈奴的关系一直都不好，这次匈奴单于居然来朝见，这件事让汉宣帝很高兴，他用很高的规格接见了呼韩邪单于，招待非常热情。

呼韩邪表示愿意和汉朝和好，他请汉朝帮忙送他回去，汉宣帝很高兴地答应了，派了一万人马送呼韩邪上路，还送给他很多粮食来帮助匈奴人民渡过饥荒。呼韩邪非常感激，他决定要和汉朝永远和好下去。其他国家听说连匈奴都和汉朝和好了，于是争先恐后地向

和亲政策

知识窗

公元前200年，汉朝刚刚建立不久，国力还不够强大。在这个时候，北方的匈奴却打了过来。当时的统治者汉高祖刘邦出兵抵抗匈奴的入侵。开始打了几个胜仗，后来中了匈奴的诱兵之计，被围困在平城附近的白登山上，好容易才逃了出来。刘邦发现自己的力量对付不了匈奴，于是采纳刘敬的意见，将一个宫女生的女儿作为公主嫁给了匈奴的单于。从此以后，汉朝经常要将公主嫁到匈奴去，以维护边疆的和平安定。这种政策一直持续到汉武帝时期，后来汉武帝打败了匈奴，和亲政策就自动停止了。

汉朝表示要友好交往。汉朝还帮助呼韩邪消灭了敌人，巩固了他的统治。

呼韩邪单于知道他的祖先们都娶过汉朝的公主，这是种政治婚姻，叫作和亲。他也想娶汉朝公主，当回汉朝的女婿。于是公元前33年，他再次去长安朝见，请求和亲。

当时汉宣帝已经死了，继位的是汉元帝，汉元帝觉得和亲可以巩固和匈奴的友好关系，于是就同意了。他召集群臣开会，商量准备把哪个公主派过去。

有的大臣告诉元帝，以前派去和亲的大多也不是真正的公主，一般都是选个宫女出来，皇帝把她认作女儿，封她个公主的称号而已。所以这次，他们决定按老规矩办，挑个宫女给呼韩邪。

那些宫女虽然在宫里很寂寞，但也不愿意到北方那种寒冷又荒凉的地方去，所以一直没有人应征。

有个宫女叫王昭君，长得非常漂亮。人也很聪明，当初选她入宫的时候，本来她是满怀信心可以凭自己的美貌与才学赢得皇上的宠爱。但当时进宫的宫女很多，皇帝不可能每个都见面，于是派画师来给她们画像。给王昭君画像的那个画师叫毛延寿，他是个很贪财的人，他要王昭君给他行贿，否则就把她画得很丑，这样一辈子都见不到皇帝了。王昭君没有钱，而且她也是个有骨气的女子，拒绝了毛延寿的勒索。毛延寿一气之下就没有把王昭君的美貌给画出来。

王昭君听说在选宫女嫁给呼韩邪，她觉得与其在宫里关着，不如去塞外，更何况这个使命关系着中原和匈奴的友好啊！于是她主动报了名。汉元帝批准了她的申请，吩咐选个日子，让她和呼韩邪成亲。

呼韩邪做梦也想不到汉元帝居然把这么漂亮的女子嫁给自己，他又高兴又感激，决心永远和汉朝保持友好关系。

呼韩邪夫妇临行前向汉元帝辞行，汉元帝这才发现原来王昭君这么漂亮，他非常后悔，但没办法了，下令一查，才知道是毛延寿做了手脚，一气之下把毛延寿杀了。

王昭君到了塞外后，常劝呼韩邪要和汉朝和睦相处，她还把中原的文化传给了匈奴人，匈奴人都很尊敬她。从此以后，汉朝和匈奴有六十多年没有打仗。

王昭君为汉朝和匈奴的和平做出了突出的贡献，也在两族人民文化交流中扮演了重要角色。她的美貌也相当有名，名列中国史上四大美女之一。

智慧启迪

以美好形象、崇高追求、独立人格、远大志向、"友好使者"而光照古今的王昭君为民族交流与融合做出了巨大的贡献。汉族和少数民族都是亲如一家的兄弟，在发展过程中，各民族之间只有相互尊重，取长补短，共同进步，才能创造出更加辉煌的中国文明

张衡发明地动仪

东汉时期，中国出了个著名的科学家叫张衡。张衡十七岁的时候离开家乡先后去了长安和洛阳求学，当时这两个城市很繁华，但那些贵族成天无所事事，只知道花天酒地。张衡很看不惯，于是写了《西京赋》和《东京赋》这两篇文章来讽刺。张衡是个严谨的人，他为了写好这两篇文章，改了又改，前后花了将近十年才完成。文章流传出来后，大家赞不绝口，都认为又一位文坛巨子诞生了。

谁知道张衡的兴趣并不在文学上面，他对数学和天文的兴趣更大。他后来当了太史令，专门负责观察天象。张衡通过长期的观察研究，发现地球并不像当时人所说的是扁平的，而应该是圆的，而月亮是不会发光的，它的光是反射的太阳光。这些道理今天谁都知道了，但在当时来说可以算是天才的发现。他还认为，天和地之间并不像平常人们说的那样是"天圆地方"，而应该像个鸡蛋那样，天好比蛋壳，包在地的外面，地则像是蛋黄。当然了，他这种说法现在看来也是错误的，但在当时那种条件下能得出这种见解来，不得不承认他是天才。

张衡还制造了一种测量天文的仪器，叫作浑天仪，相当于现在

的天球仪。这本来是西汉时期的人发明的，张衡对它做出了改进，他用齿轮和滴水来控制仪器的转动，一天正好转一圈，这样无论在什么时候观察浑天仪，都能清楚地知道星星的位置。

公元132年，他发明了一种能测出地震方位的仪器。当时的人们把地震看作是不吉利的征兆，认为是上天为了警告人们而采取的方法。张衡则不这样看，他认为地震就和刮风下雨一样，是一种很普通的自然现象，用迷信的眼光去看待地震是不对的。既然是一种自然现象，那么就一定可以研究，也可以测量它。张衡把这种仪器称为地动仪，他制造这种仪器的目的是为了在地震发生的时候就知道它的方位，从而快速地采取应对措施。

这种仪器是用铜做的，外形像个大酒桶，四周刻了八条龙，龙头面朝八个方向，每个龙嘴里都有一个铜球，龙头下面各刻了一只张着大嘴的铜蛤蟆，如果哪个方向发生地震，朝着那个方向的龙嘴就会打开，里面的铜球就掉到蛤蟆嘴里，人们就知道了。 公元138年2月的一天，地动仪上面朝正西方向的龙嘴突然打开，铜球掉进蛤蟆嘴里发出响亮的声音，把人们都吸引过来了。按理说，洛阳的正西方应该发生了地震，可是那天洛阳并没有地震，附近的城市也没听说哪儿发生了地震。大家都怀疑地动仪根本就没什么用，有的人干脆就说张衡

知识窗

汉赋

赋是一种介于诗歌和散文之间的文体，讲究语言的铺张，也就是要有文采，要朗朗上口。赋这种文体受《楚辞》影响最大，一般辞赋并称。汉代的赋最有名，写赋的大家有司马相如、扬雄、张衡等人。赋多数是通过排比夸张的手法来描写帝王的宫殿、军队等排场，达到歌功颂德、粉饰太平的作用，在赋的末尾一般都寓有讽喻的意思。另外还有一部分赋是托物言志或者抒发感情，风格比较清新，又称小赋，前面那种赋叫大赋。

是个骗子。

过了好几天，有人骑马来报告，在西边离洛阳一千多里的陇西发生了大地震，连山都给震塌了。这下人们才相信张衡没有骗人，地动仪真的可以测出地震来。

一时间，张衡的名声流传开来。但是那个时候的东汉王朝非常腐朽黑暗，外戚和宦官忙于争权夺利，根本顾不上发现人才，培养人才。张衡当时在朝廷里担任侍中一职，是皇帝身边的近臣，可以经常和皇帝打交道。张衡是个很正直的人，外戚和宦官都想拉拢他，但他早就看不惯那帮小人了，所以根本就不理他们。他们担心张衡会在皇帝跟前说他们的坏话，于是就找了个机会把张衡排挤出朝廷，让他去河间当了国相。

张衡在科学上的贡献是巨大的，他还制造了测定方向的候风仪，还把传说中的指南车也给造了出来。数学方面，他在计算圆周率方面贡献不小。他还对地理学感兴趣，曾经自己绘过地形图。他还是当时六大著名画家之一，可以说，张衡是个多才多艺的人。郭沫若老先生曾经为张衡题词："如此全面发展之人物，在世界史中亦所罕见。万祀千龄，令人景仰。"

智慧启迪

　　张衡能发明地动仪，完全得益于他的创新精神。那么，什么叫创新？创新就是"大胆假设，小心求证"。所谓大胆假设就是胆子要大，要有勇气，只有敢提出质疑，才能有所创新。这一点很重要。但这只是第一步，要知道，并非每一次假设都能引导出正确的结论，只懂得大胆，标新立异，是远远不够的，那只能算作是匹夫之勇，因为在"大胆假设"的后面，还有"小心求证"四个字。

● 时　　间：公元199年
● 地　　点：河北官渡
● 人　　物：曹操、袁绍
● 结　　果：曹操以少胜多，大败袁绍

官渡之战

　　曹操和袁绍从小就在一起玩，是一对少年伙伴，曹操心眼比袁绍多，经常整袁绍，袁绍好几次想报复，但都反被曹操所利用。小时候他们俩的较量就暗示今后两个人不同的命运。

　　袁绍出身名门望族，四个世代中（自高祖父、曾祖父、祖父及迄其父共四世）均有人任三公（司徒、司空和太尉，是地位最高、权力最大的官职），当时天下的官员有相当一部分是出自于他们家门下，势力非常大。而曹操出身比较低，他是宦官的养子，家庭条件虽然也不错，但和袁绍比就差得太远了。

　　袁绍占据河北一带，兵强马壮，又灭掉了另一个大军阀公孙瓒的势力，吞并了他的地盘，是当时实力最强的割据势力。曹操实力稍差一些，他刚刚打败刘备和吕布等人，军队损失不少，但他挟持天子在许都，可以借皇帝的名义发号施令，有政治上的优势。他取得河内之后，势力达到黄河以南，正好和袁绍隔岸对峙，所以两人的冲突不可避免。

　　袁绍一直不满曹操仗着天子在他的控制下对自己发号施令，于是在公元 199 年 6 月的时候挑选了十万精兵南下，企图打下许都，灭掉曹操。

袁绍先派先锋颜良渡过黄河，攻打白马。曹操分出一支部队假装要在延津渡河，把袁绍的主力都吸引过来防守。他自己却亲自带领精锐部队赶到白马，杀了个措手不及，颜良也战死了。

袁绍气得要死，马上命令另一员大将文丑当先锋，自己率领全军渡过黄河。文丑和颜

曹操像

良是好朋友，急着替好友报仇，没怎么准备就出发了，结果中了曹操的埋伏，也死了。

袁绍还要进军，别人劝他再忍耐一下，因为曹操粮草不多了，过一段时间他们没有粮草了军心就会乱掉，到那时候再进攻事半功倍。袁绍听不进去，他认为自己兵比曹操多好几倍，根本不用等待，于是杀到官渡才驻扎下来。

曹操已经在官渡扎营，袁绍天天攻打，说什么也攻不下来。但是时间一长，曹操的粮草渐渐不够吃了，他很着急，赶紧给留在许都的人写信，让他们赶快送粮草过来。袁绍的粮草倒是充足得很，他在乌巢那个地方专门建了个粮库，囤积了大批粮草，又派淳于琼带了一万人把守在那里。

袁绍手下的谋士许攸听说曹操那缺粮，于是到袁绍跟前献计，劝

三公

三公是中国古代朝廷里地位最显贵的三种官职的合称，早在周代就有三公这种说法了，至于是哪三公现在还有争论。可以肯定的是，在西汉三公是存在而且有定论的，西汉的三公是掌握行政大权的丞相、掌握军权的太尉和掌握监察大权的御史大夫。汉武帝时期把丞相的权力削弱，汉武帝之后最高的官职是大司马大将军，汉成帝时期把御史大夫改为大司空，于是那时候的三公指的是大司马、大司空和丞相。汉哀帝时期将太傅、太师和太保置于三公之上，但没有实权。曹操掌权后废去三公，后来又设置了御史大夫和丞相。一直到了隋朝，三公还是最高的官，但隋朝开始就完全变成虚衔。宋代以后往往称三公为太师、太保和太傅，也是作为虚衔，再也没有任何实权了。

袁绍派一支部队去偷袭许都，曹操知道后肯定会回去救，那么就可以趁他们走的时候发动攻击，一举歼灭曹操。袁绍拒绝了，他太想在这个地方打败曹操了！这时候有人从邺城送来封信，说许攸的家人贪污受贿，给抓起来了。袁绍看完信后把许攸臭骂了一顿。

许攸很是恼火，心里想曹操和他也是老朋友了，干脆逃到曹操那去算了，于是他悄悄来到曹操那里。

曹操听说许攸来了很高兴，亲自跑出来迎接。许攸问他："你还有多少粮草？"

曹操回答："还够吃一年的呢！"

许攸说："不可能吧，哪会有这么多？"

曹操连忙改口："还有半年的。"

许攸说："不对，还要少。"

曹操无奈地笑笑："其实还有三个月的。"

许攸生气了，转身就走："你不相信我，我还在这干吗？告辞！"

曹操赶紧把许攸拉回来："其实只有这个月的了，您看怎么办？"

许攸告诉曹操，现在袁绍把军粮都囤积在乌巢那里，守将淳于琼又是个酒鬼，防守肯定很大意，只要带支部队趁着天黑去偷袭，一定成功。只要袁绍没粮草了，那他肯定输！

曹操听了许攸的话，马上带了五千人打着袁绍的旗号赶去乌巢，一路上有人查问就说是去增援的，倒也没人怀疑。

到了乌巢后点起一把火，把那些粮食全烧掉了，淳于琼也被砍了脑袋。袁绍那边的人一听说粮草被烧了，一个个惊慌失措，曹操趁势进攻，袁绍只好带着几百人仓皇逃跑。这一仗消灭了袁绍军的主力，两年后袁绍病死，他的儿子们争位，曹操花了七年时间把袁绍的残余势力给消灭掉，统一了北方。接下来就是对付南方的刘表和孙权了。

智慧启迪

世界上没有永远强大的敌人，再强大的敌人也会有弱点和突破口，只要我们善用自己的聪明才智，就一定能找到，从而击败强敌。这其实也是一种解决问题的方法。比如说，在学习中，当遇到难题时，我们就可以多方考虑，看看能不能找到突破口，然后有针对性地进行解决。也就是说，只要找到突破口，再难的问题都会迎刃而解。

故事小·档案

● 时　　间：公元 207 年

● 地　　点：南阳隆中（今湖北襄樊西）

● 人　　物：刘备、诸葛亮

● 结　　果：诸葛亮出山辅佐刘备，成就一番功业

三顾茅庐

刘备投靠刘表后，刘表对他一直不错，但刘备有自己的远大抱负，不愿长期寄人篱下。他发现自己虽然有关羽、张飞、赵云等猛将的辅佐，但还是老打败仗，原因就是手下没有能够出谋划策、统率全局的谋士。于是，他想找一个这样的人。

他听说附近有个名士叫司马徽，于是特地去拜访，司马徽很热情地接待了他，问他来有什么事。

刘备说自己是来向他请教并请他辅佐自己的。司马徽哈哈大笑，说道："我只是个很平凡的人，哪有资格辅佐您啊！您应该去找那种精通天下大势的人才啊！"

刘备急忙问哪儿有这样的人才。司马徽告诉他附近有两个这样的人，一个叫诸葛亮，外号卧龙；一个叫庞统，外号凤雏。这两个人都是治国安邦的奇才，只要得到其中任何一人的帮助，都可以平定天下。

刘备很高兴，向司马徽道谢后回到新野。正好有人来找他，他见这人谈吐不俗，以为他就是诸葛亮和庞统当中的一个，问过姓名

后才知道这个人叫徐庶。刘备请徐庶当了他的谋士，徐庶告诉刘备诸葛亮是他的朋友，他想推荐诸葛亮来刘备这里任职。

刘备从徐庶那里了解到了诸葛亮的生平，觉得这人确实不简单，于是想请徐庶去请诸葛亮出山来辅佐自己。

徐庶告诉刘备，一定要他亲自去请才能表示出诚意，否则诸葛亮是不会来的。刘备觉得很有道理。

第二天刘备就带着关羽、张飞去隆中找诸葛亮去了。结果诸葛亮不在，他们扑了个空。原来诸葛亮知道刘备想找他，他想考验一下刘备的诚意，于是故意出了远门。

刘备丝毫也没有感到不耐烦，过了几天又去找诸葛亮。结果这次诸葛亮还是不在，不过他的弟弟诸葛均倒在。刘备留下了带来的礼物，很恭敬地请诸葛均转告诸葛亮自己的来意。那天下着大雪，刘备三人冒雪回去，张飞是个急脾气，他发火了："这算怎么回事啊，

知识窗

诸葛亮

诸葛亮是三国时期著名的政治家、军事家，他二十七岁的时候出山辅佐刘备，他在第一次和刘备交谈时制定的战略思想成为以后蜀汉政权基本的政治军事路线，也是他一生的行动纲领。诸葛亮在刘备被曹操打败后出使东吴，说服孙权联刘抗曹，帮助刘备、孙权取得赤壁之战的胜利。此后，他帮助刘备取得荆州和益州作为根据地。刘备死后，他辅佐刘备的儿子刘禅，在益州一带发展生产并改善和西南少数民族之间的关系，巩固了后方统治。为了实现统一中原的理想，他六次率军北伐，公元234年，病逝于五丈原。诸葛亮一生都为统一中原而奋斗，他政治手段高明，军事上也屡有妙计，"鞠躬尽瘁，死而后已"这句话不知道激励了多少有志之士为国为民抛头颅、洒热血，而他自己的一生，正是这句话的最好体现。

大哥您跑了两趟他都不在，这人也未免太自傲了，干脆，我去找条绳子把他捆到大哥面前算了！"刘备很生气，斥责张飞："三弟怎么可以这么不耐烦呢？我们是有求于诸葛先生，你敢对诸葛先生不恭敬的话，以后就不要你来了！"张飞不说话了。关羽也觉得诸葛亮有点太自大了，但看到张飞挨了骂，自己也不敢吐露想法。

又过了几天，刘关张三人又去了，这次诸葛亮在家，但是他正在睡午觉。刘备等人只好在客厅里等着，张飞又急了："我们三人在这等他睡觉，他面子也太大了，等我放一把火，看他出不出来！"

刘备把张飞呵斥住了，恭恭敬敬地在客厅里等。诸葛亮其实没有睡觉，他在暗中观察刘备的反应。看到刘备确实是诚心诚意地来拜访他的，很受感动，于是请刘备到书房见面。

刘备很客气地请教诸葛亮："现在天下大乱，我身为汉室宗亲，很想挽回局面，只是自己力量太弱，始终达不到这个目的，请求先生指点一下。"

诸葛亮见刘备如此谦虚，于是推心置腹地向刘备提出了自己的意见，他认为现在曹操占据了大半个北方，又控制了汉献帝，用武力和他硬拼是没有胜算的。而孙权家族占据江东地区已经有三代了，在当地很得民心，而且江东地势险要，他手下又有一批有本事的人为他效力，所以也不能打他的主意，只能联合孙权共同对抗曹操。他还认为，荆州这块地方自古以来就是战略要地，可是刘表没什么才能，守不住这块地方。益州土地肥沃，物产丰富，但那里的统治者刘璋懦弱无能，也守不住。所以他要刘备找机会把荆州和益州占领下来，外交上联合孙权，再巩固自己的地盘和实力，一旦有机会，就可以从荆州、益州两路进军北方，到那时，就可以收复北方，复兴汉室了。

刘备顿时茅塞顿开，十分佩服诸葛亮独到的战略眼光，他决定今后就照诸葛亮的话去做，于是再三恳请诸葛亮出山辅佐他。

诸葛亮认为刘备确实是一个有潜力的政治家，而且又如此热情诚恳，于是答应了刘备的请求，同刘备一起下山，担任了刘备的军师。于是，历史上把刘备连续三次造访诸葛亮这件事称为"三顾茅庐"。

后来诸葛亮为刘备出了很多好主意，帮助刘备夺得了荆州和益州，建立了蜀汉政权，诸葛亮也因此成为中国历史上最有名的政治家和军事家。

智慧启迪

俗话说，精诚所至，金石为开。刘备就是用真诚打动诸葛亮的，可见真诚的力量有多大。真诚，就是真实、诚恳，没有一点虚假，它是一种美德，是人与人之间的交往得以持续下去的保证，所以，它也是每个人应具备的品质。古人说："一两重的真诚，超过一吨重的聪明。"这句话很有道理，因为真诚虽然不是智慧，但是它常常放射出比智慧更诱人的光泽，有许多凭智慧千方百计也得不到的东西，凭借真诚，却能轻而易举地得到。

● 时　　间：公元 208 年
● 地　　点：长江赤壁（今湖北蒲圻西北，也有人说是今嘉
　　　　　　鱼东北）
● 人　　物：曹操、孙权、周瑜、诸葛亮
● 结　　果：曹操惨败，三国鼎立的局面初步形成

火烧赤壁

曹操消灭袁绍势力后，就把目光放在了南方。公元 208 年 7 月，曹操率领大军南征荆州。此时刘备在荆州牧刘表手上取得了新野作为根据地，"三顾茅庐"请出诸葛亮当军师，制定了联吴抗曹的基本战略，在樊城大练水陆军。

八月，刘表病死，次子刘琮继位，孙权派鲁肃以吊丧为名拉拢刘备，曹操放慢了行军速度，向刘琮等人施加压力，企图不战而胜。刘琮等人害怕曹操军威，投降了曹操。

九月，曹操接受刘琮投降后，继续向荆州腹地进军。刘备兵少，为了避开曹军锐气，放弃新野等地率领十多万军民南撤，在当阳遇见鲁肃后，接受鲁肃劝其联吴抗曹的建议，于是率领人马向东撤退。曹操率领精锐骑兵追上刘备将其打败，刘备好容易才捡回一条命。幸好跑到汉津的时候遇到关羽和刘琦的援兵，才摆脱了追击。刘备逃到夏口，派诸葛亮去东吴见孙权，共谋抗曹大计。

孙权见刘备刚刚吃了败仗，加上听说曹军号称有八十万之多，

不由得害怕起来，有点犹豫是否要联合刘备抗击曹操。诸葛亮和鲁肃、周瑜等人向孙权分析形势，并指出曹军顶多不过二十多万人，而且相当一部分是收编的刘表的部队，士气低落。况且曹军主要来自北方，不习水战，而且水土不服。加上曹军远道而来，已经十分疲惫，所以完全有可能打败他们。另外还向孙权分析了利害关系，指出如果投降，别人还能继续享受富贵，只有孙权是没有退路的。孙权权衡了一下利弊，坚定了抗曹的决心。

孙权任命周瑜和程普为左、右督（相当于正、副司令），又命鲁肃为赞军校尉（相当于参谋长），率领三万水军，再联合刘备的部队，一共五万人马，进驻夏口，抗击曹军。

曹操轻松占领荆州后，开始骄傲起来，他不听手下暂缓攻势的建议，声称要南下灭吴，于当年冬天率军攻打东吴。

两军在赤壁相遇，曹操的部队在江上失去了优势，打了败仗，于是在乌林驻扎下来，等待时机。

曹操下令用铁链将战船连了起来，以减弱风浪导致的颠簸，便于北

周瑜打黄盖

知识窗

平常我们常说"周瑜打黄盖，一个愿打，一个愿挨"，《三国演义》上也说为了让曹操相信黄盖是真的投降，周黄二人演出了一场苦肉计，黄盖被打得挺惨的。其实这只是民间传说而已，实际上周瑜并没有打黄盖。从现存史书上的记载来分析，当时流传下来的史书上从来没有这方面的记载，比如记载三国时期史料最权威的《三国志》上面提到黄盖的时候，连他当年做小官的一些逸闻趣事都有记载，却没有关于他被施苦肉计的描写，说明至少在当时人们是不知道有这件事的。至于黄盖被打过的这种说法，那是一千多年以后才出现的了。小朋友可以思考一下，是当时人的记载可靠，还是一千多年以后的人的记载可靠？

方士兵登船训练。周瑜认为双方人数相差过于悬殊，硬碰硬肯定吃亏，于是决定速战速决。部将黄盖针对"连环船"的弱点，向周瑜建议对曹军火攻，周瑜同意了。于是黄盖先写信给曹操，声称不满周瑜的领导，加上害怕曹军的实力，主动要求投降。曹操很高兴，同意接受黄盖的投降。

黄盖在约定投降的当天，带了几十艘船出发，前面十艘满载浸满油的柴草，并插上和曹操约定好的旗号，当天正好刮起了东南风，黄盖的船队借着顺风飞快地向曹操大营驶去。

快到曹军水寨的时候，黄盖下令点火，那十艘装满柴草的小船燃起熊熊大火向曹军扑去。由于曹军的船被铁链连在了一起，一时间又来不及砍断铁链，结果一艘船烧起来，和它连着的船也纷纷燃起了大火，连岸上的营寨也烧了起来。此时孙刘联军发动进攻，曹军虽然人多，但这个时候军心已乱，根本没办法抵挡攻势。曹操见大势已去，只好率领残兵败将乘乱逃走。

孙刘联军继续追击曹操，曹操没办法，只好取捷径逃往江陵。在华容道行军的时候，路上泥泞，马匹根本不能行走，但追兵越来越近，曹操没有办法，只好命令步兵在前面垫草，好容易才让骑兵逃了出来，慌乱之中不知道有多少垫草的士兵被马匹活活踩死。逃到江陵后，曹操命令曹仁留守，又派遣满宠守当阳，以阻挡孙刘联军的追击。自己率领亲信逃回了北方。

周瑜命甘宁攻打夷陵，曹仁派兵去救，将甘宁围住，周瑜赶紧前去援救，将曹军打了个落花流水。刘备这个时候率兵想绕到曹仁后方占个便宜，曹仁认为不可能再守下去，于是放弃江陵，往北撤退。

刘备趁机扩充势力，连续取得武陵、零陵、桂阳、长沙四郡，

第二年出任荆州牧。孙权虽然对此很不高兴，但此时曹操吸取了教训，训练出了一支强大的水军，在长江以北与孙权对峙。孙权为了抗曹，不得不迁就刘备，任其在荆州发展，这样，三国鼎立的局面逐渐形成了。

智慧启迪

　　火烧赤壁是一个经典的历史故事，整个事件中最值得一提的应该是周瑜和诸葛亮等为赢得大战所做的准备，这也正应了那句俗话："不打无准备之仗。"做好准备工作的确是重要的，首先，只有做好准备工作，才能让接下来的事情达到水到渠成的效果；其次，只有做好准备工作，我们才能避免失误，更好地把握住机会。

故事小·档案

● 时　　间：公元 225 年
● 地　　点：中国云南
● 人　　物：诸葛亮、孟获
● 结　　果：收服了孟获，平定了叛乱，巩固了后方

七擒孟获

刘备死后，后主刘禅继位，当时蜀汉刚刚打了败仗，军队伤亡很大，对南方少数民族地区的控制就松懈了。于是南中地区（今云南、贵州和四川南部）相继发生叛乱。建宁大族雍氏首领雍闿首先起来造反，他暗中投靠东吴，又拉拢一个少数民族首领孟获，让他去联系别的部落叛乱。

在雍闿的煽动下，牂牁（今贵州遵义一带）太守朱褒、越巂（今四川西昌一带）少数民族首领高定纷纷起来响应。这下子蜀汉政权几乎一半的领土都起来造反了，对蜀汉威胁很大。

由于蜀汉刚刚打了败仗，刘备又刚死不久，还没有力量平定叛乱，诸葛亮暂时没有出兵镇压。他一面派人和孙权讲和，一面在国内兴修水利，发展生产，训练军队，两年后局面稳定下来了，诸葛亮决定南征平叛。

公元 225 年 3 月，诸葛亮率领大军出征，临行前参军马谡建议诸葛亮在平叛的时候攻心为上，要收买人心，这样才能保证以后不会重新出现叛乱。诸葛亮听从了他的意见。

诸葛亮不愧是有名的军事家，他很快就平定了叛乱，把四个郡都收复了。但是孟获并不甘心失败，他收拢被打散的叛兵，凭借有利地形继续反抗蜀军。

孟获打仗很勇敢，在当地少数民族人民心目中威望很高，多次打败蜀汉军队。诸葛亮很清楚这点，他明白，要平定叛乱并且稳定人心，一定要把孟获给收复过来。于是他下令：只许活捉孟获，不准杀他。

孟获虽然骁勇善战，但有勇无谋，打起仗来怎么可能是诸葛亮的对手呢。诸葛亮设下埋伏，很轻松地就抓到了孟获。

诸葛亮给孟获松了绑，带他参观蜀军的营地，问他："你觉得我们的军队怎么样？"

诸葛亮南征

知识窗

建兴三年（225 年）三月，诸葛亮率领蜀军前往南中平叛。南中地区包括蜀汉南部的越嶲、益州、永昌、牂牁四郡，是叟、青羌、僚、濮等夷越少数民族与汉族杂居的地方。

蜀军分东、西、中三路进军南中。西路军由诸葛亮率领，大军到达马湖江（今金沙江）北岸后，沿江西上，向驻扎在旄牛、卑水、定笮等地的高定军队发起进攻，结果高定被杀，蜀军占领越嶲郡；东路军由马忠率领，大军进入南中后，击破牂牁守军，太守朱褒率军西逃；中路军由李恢率领，大军经平夷进入昆明，却被兵力胜于自己的当地少数民族的军队包围。李恢派人放出风去，说自己愿意与南人合作。李恢趁南人放松警惕，出兵取得胜利。同年五月，占领越嶲的诸葛亮率军渡过泸水，深入人烟稀少的南中山区，遭遇孟获的抵抗。经过七擒七放，孟获心悦诚服地投降。同年秋天，诸葛亮全部平定了南中的叛乱。

孟获很不服气，说道："以前我是不清楚你们的实力，现在我大致知道了，再说我是因为不小心中了你们的埋伏，不是我实力不够，下次如果再打的话，我肯定不会输！"

诸葛亮哈哈大笑起来："好吧，那我就放你回去，让你好好准备一下再和我打。要是你再输了怎么办？"

孟获回答："再输了我就投降！"

诸葛亮很爽快地把孟获给放了，孟获逃回去后重新招兵买马，又一次杀了过来。但他哪里是诸葛亮的对手呢？第二次他又被活捉了。可他还是不服气，诸葛亮只好又把他放了回去。

就这样捉了放，放了捉，前前后后捉了孟获七次。第七次的时候诸葛亮还要放他，孟获反而不愿意回去了。他跪下流着眼泪说："丞相对我这个粗人真的是仁至义尽了，我打心眼里佩服丞相的度量，我就算再愚笨，也知道丞相其实是为了我好，从今天开始，我再也不和丞相您作对了！"

孟获回去后，他的部下以为还要发动第八次进攻呢，没想到孟获反而劝他们放下武器，告诉他们以后再也不和蜀汉打仗了。饱受战争之苦的人民顿时齐声欢呼。孟获还劝别的部落以后也不要打仗了，至此，南方少数民族的叛乱已全部平定。

诸葛亮胜利回师，他命令孟获等少数民族首领仍然管理他们原来的地盘，不派官吏驻守。很多人觉得奇怪，问道："我们好不容易平定了叛乱，为什么不派官吏来管理呢？万一他们又叛乱怎么办？"

诸葛亮回答："我们要是派官吏来的话，风俗习惯和这里的人民不同，容易产生矛盾，再说派官吏来就得派兵驻守，军队到这里来粮食供应不上的话吃什么？而且万一骚扰当地人岂不又会引发叛乱？所以我们什么都不派，让他们自己管理，既节约了人力、物力和财力，又能避免汉人和他们产生矛盾，岂不更好？"

大家都很佩服诸葛亮的政治头脑。从此以后，南方少数民族相安无事，诸葛亮消除了后顾之忧，一心一意地准备北伐了。

智慧启迪

诸葛亮通过"七擒七放"，终于赢得孟获的真心归降，可见要想得人心，让别人服气，还真得有诸葛亮那样的本事和智慧不可。现实生活也是一样，在人生大舞台上每个人如果想从众人中脱颖而出，赢得别人的佩服和尊重，就要有被尊重、被佩服的资本，这些资本既包括你的人格、品质、能力，也包括你的正直为人和出色表现

● 时　　间：公元 263 年
● 地　　点：中国洛阳
● 人　　物：刘禅、司马昭
● 结　　果：司马昭看透了刘禅的糊涂，没有杀他

乐不思蜀

公元 263 年，蜀汉灭亡，本来后主刘禅还留在成都，可是后来钟会和姜维发动兵变失败之后，魏国实际的统治者司马昭对刘禅很不放心，于是派人把他接到洛阳，便于监视。

刘禅是个不折不扣的昏君，诸葛亮死后，他就没了惧怕的人了，于是就开始胡作非为起来。他宠幸一个叫黄皓的宦官，黄皓是个大坏蛋，把蜀汉的政治搞得一团糟。现在蜀汉灭亡了，那些大臣死的死，跑的跑，跟随他去洛阳的只有郤正和刘通两个地位不高的官员。刘禅智商有点问题，不懂得怎么跟人打交道，以前当皇帝的时候还没什么，现在当了俘虏，再像以前那样就不行了。所以平时都是郤正教他怎么做，刘禅才知道郤正是个对他忠心耿耿的人。

司马昭暂时还不想杀刘禅，对他还不错，利用魏元帝的名义封他为安乐公，平时好吃好喝地供着他，另外还给他的子孙和大臣一共好几十人都封了侯。司马昭这样做倒不是心肠软，而是害怕杀了他们，以前蜀汉统治下的老百姓对他不服，不利于魏国的统治，所以才对他们很好，来收买人心。刘禅倒觉得其实这样也不错，吃的

用的和以前差不多，还不用上朝处理国事，所以他过得蛮开心的。

有一天，司马昭请刘禅和以前蜀汉的大臣参加宴会，在宴会上他专门安排了一批歌女表演巴蜀地区的歌舞。

那些大臣看到这些歌舞，想起了亡国的痛苦，一个个不禁掉下了眼泪。只有刘禅边看边乐，看得还挺起劲。

司马昭见刘禅这个样子，悄悄地对自己的亲信贾充说："真没想到刘禅这个人这么没有心肝，我看就算诸葛亮还活着，蜀国也维持不下去，何况是姜维呢。"

司马昭都看不下去了，问刘禅："你难道就不想念蜀地吗？"

刘禅乐呵呵地回答："这边比蜀地好玩多了，想当初在蜀地的时候大清早就得爬起来上朝，还得成天在宫里批阅奏章，烦都烦死了。

赵云单骑救主

知识窗

刘禅刚出生不久，他父亲打了败仗，在撤退的路上刘备的另一个夫人糜夫人抱着刘禅被乱军冲散了。赵云见刘禅不见了，赶紧重新杀回去寻找。在一座土墙那儿找到了浑身是血的糜夫人。糜夫人把刘禅交给赵云，为了不连累赵云，糜夫人投井自杀了。赵云把小刘禅捆在自己胸前，骑上马拼死突围。赵云是员猛将，一个人杀向包围过来的曹军，好不容易冲了出来，逃到刘备身边。刘备看见赵云浑身是血，很是心疼。赵云把刘禅交给刘备，没想到刘备居然把刘禅扔到了地上，说："为了这么个小孩，差点害我损失了一员大将！"刘备是个很会收买人心的人，他这样做是为了安抚赵云。赵云见刘禅被摔到了地上，赶紧把他抱了起来，感动得直掉眼泪，从此他对刘备更加忠心了。谁知道这个孩子日后这么不争气，要是赵云还活着的话，肯定会后悔自己当年那么不要命地把他救出来，结果葬送了蜀汉江山。民间有种开玩笑的说法，说是刘禅本来并不傻，都怪他老子当年这么一摔，把他给摔傻了。

我到这里后成天都很清闲，所以我不想念蜀地。"

正听到这话也觉得太不像话了，回去后他告诉刘禅："您不应该这么回答司马昭的。"

刘禅傻乎乎地问："那我应该怎么回答才好呢？"

正教他："您应该流着眼泪说：我父亲的坟墓还在蜀地，我一想起不能在父亲坟前祭拜就很难过，每天都想回去呢。这样说的话，说不定司马昭会放我们回去呢。"

刘禅对　正言听计从，他学了好几遍，终于把这些话给背下来了。

过了一段时间，司马昭又问刘禅了："在这儿住得习不习惯呀？想不想念蜀地呢？"

刘禅连忙把郤正的话给背了一遍，还竭力装出一副悲伤的样子，可他怎么也流不出眼泪，只好闭上眼睛。

司马昭看到刘禅这个傻样，不禁被他逗乐了，心里也明白是怎么回事，问他："你刚才那话是　正教的吧？"

刘禅很吃惊，瞪大眼睛望着司马昭，问道："对啊，您是怎么知道的呀？真神了！"

司马昭被刘禅逗得哈哈大笑，他终于看清楚刘禅原来糊涂到了这个地步，终于打消了杀他的念头。

刘禅的小名叫阿斗，据说他母亲生他的前一天晚上梦见北斗七星钻进肚子，结果生下了刘禅，所以取个小名叫阿斗。按理说刘备一世英雄，生个儿子不应该傻到这种程度，阿斗的弟弟们都很聪明，他的儿子北地王刘堪也很有才能，是个有骨气的青年。在魏军打到成都城下的时候，刘堪泪流满面地劝说父亲不要投降，并表示自己愿意与成都共存亡。可刘禅执意要降，刘堪死也不当亡国奴，他回到家里，将妻子儿女全部杀死，然后再自杀。如此窝囊的父亲却能生出这么有骨气的儿子，这在中国历史上也算是一个谜了。刘禅因为自己的糊涂和懦弱，在历史上留下一个"扶不起的阿斗"的骂名。

智慧启迪

中国有句古话，生于忧患，死于安乐。这句话的意思是，人不能贪图享乐，贪图享乐的结果就是在不知不觉中断送一生，就像阿斗一样。为什么贪图安逸的人会有这样的结果呢？因为这种人很容易满足于现状，满足于舒服的眼前环境，这样势必会对其所处环境的细微变化觉察不够，对未来的恶劣环境预料不足，丧失了抵御外界恶劣环境的能力，当危机来临时，不但毫无斗志，也会失去勇气。

故事小·档案

● 时　　间：公元 383 年
● 地　　点：淝水（今淝河，在安徽寿县南）
● 人　　物：苻坚、谢安
● 结　　果：前秦军队大败，导致前秦灭亡

淝水之战

　　东晋王朝建立后，经过多年战乱，好不容易才稳定下来，当时东晋的丞相名叫谢安，他是个很贤能的人，他把东晋治理得相当太平。但由于东晋国力还是很弱，所以仍然没有收复北方。

　　当时统治北方的是由氐族所建立的前秦王朝，统治者名叫苻坚。他是一个有雄才大略的君主，他有一个很有才干的助手，是个汉人，名叫王猛，苻坚很信任他。前秦在他们两人的治理下越来越强大，先后灭掉了前燕、代和前凉三个国家。苻坚是个比较仁厚的人，他灭掉前燕后并没有赶尽杀绝，而是把前燕贵族慕容垂收为部下，另外还很信任一个叫作姚苌的羌族贵族。王猛认为前秦最大的敌人是鲜卑族和羌族，但苻坚却把东晋看作最大的敌人。王猛临死的时候再三叮嘱苻坚不可以对东晋开战，但苻坚没有听进去。

　　公元 377 年，苻坚派儿子苻丕率领十几万大军攻打东晋的襄阳，由于守军的坚决抵抗，他花了将近一年的时间才攻下来。苻坚认为襄阳守将朱序很有气节，于是没有杀他，把他收为自己的部下。

　　公元 382 年，苻坚认为灭掉东晋的时机已经成熟，于是召集群

臣开会，讨论攻打东晋的事。大臣们纷纷反对，认为东晋虽然弱小，但现在文有谢安，武有桓冲、谢玄等人，而且朝中君臣上下团结一心，再加上有长江天堑作为屏障，所以很难取胜。苻坚很不高兴，他认为自己兵多将广，灭掉一个东晋易如反掌。

当时作为前秦统治者的氐族人数比较少，而且分散在全国各地，而鲜卑、羌、羯这些民族的人特别多，他们对前秦的统治不满，所以万一在战争中失败，他们就很可能起来造反，那时候前秦就完了。

苻坚却没有看到这一点，他已经沉浸在统一全国的美梦之中了，但朝中大臣几乎没有不反对的。只有慕容垂和姚苌表示赞成，他们心里早打好小算盘了，要是苻坚出师不利，他们就造反。可苻坚根本没有察觉到这一点，还以为他们对他很忠心呢。

公元383年，苻坚率领八十七万大军南下，企图灭掉东晋。另外益州水军也顺江直下，浩浩荡荡向东晋杀来。

谢安听到这消息后倒是一副若无其事的样子，他坐镇建康（今江苏南京，东晋都城）统率全局，派谢石为大都督，谢玄为前锋都督，率领八万人马前去抵抗。晋兵虽然人少，但是士气很高，加上平时严格的训练，战斗力大大超过前秦的军队。前秦的士兵虽然人数众多，但因为根本不想打仗，所以士气很低落。

谢石和朱序取得了联系，让朱序在前秦的军队里散播谣言，暗中搞破坏，然后派了五千精锐部队对前秦的先头部队发动突然袭击，把他们杀得大败，这下子前秦的士气就更低了。

东晋军队在淝水东岸的八公山上扎营，前秦军队驻扎在寿阳，和晋军隔江相望。

谢石给苻坚写信，说前秦军队按兵不动是害怕他们，有本事就

王猛扪虱谈天下

符坚的好助手王猛年轻的时候很穷，以卖簸箕来维持生活，但他很喜欢学习，读了不少兵书。很多富家子弟看不起他，他也不和他们打交道，怡然自得。他后来在华山隐居，公元354年，桓温北伐打到了长安，王猛去拜见他。当时王猛穿着一件很破的衣服，在桓温面前一边高谈阔论，一边在衣服里捉虱子，旁若无人。桓温很钦佩他的气度，想让王猛在自己手下做事，王猛答应了。后来桓温撤退的时候，要王猛和他一起走，王猛拒绝了。后来王猛投靠了符坚，符坚认为王猛是他的诸葛亮，很器重他。在王猛的有生之年，符坚对他言听计从，但王猛临死时嘱咐不能攻打东晋的话符坚却没有听进去。结果符坚唯一一次没有采纳王猛意见的后果是国破家亡。

往后面撤一点，腾出一块阵地让晋军渡过淝水，堂堂正正地决一死战。符坚一方面不想承认自己害怕晋军，另一方面他也想趁晋军渡河的时候发起攻击，认为这样很容易就能把晋军消灭。

谁知道后撤命令下达后，很多前秦士兵因为害怕和晋军打仗，一听到要撤退，马上扭头就跑，根本就不想停下来。

朱序当时在秦军阵地后面，他也在那大喊："秦军败了！秦军败了！"后面的部队根本不知道前面发生了什么事，只看到前面的士兵不停地朝后逃跑，以为真的吃了败仗，于是也纷纷溃逃。符坚怎么都控制不住。这时候东晋军队已经渡过了淝水，也趁机大砍大杀，秦军逃得更快了，光是被自己人挤倒踩死的就不知道有多少万。

符坚见大势已去，赶紧骑上一匹马拼命地向北逃去，虽然肩膀了还中了一箭，但好歹把小命给保住了。回到洛阳后一清点，手下的士兵只剩下十几万了。但慕容垂按兵不动，丝毫没有受到损失，他和姚苌见符坚打了败仗，力量大不如前，于是找机会背叛了符坚，

建立了新的国家——后燕和后秦。慕容垂还算有良心，没有对苻坚赶尽杀绝，姚苌则坏多了，他抓到苻坚后把他用绳子勒死了。但姚苌因为干了亏心事，天天做噩梦，给吓死了。

就这样，一个强大的前秦王朝因为一次败仗而灭亡了。

智慧启迪

淝水之战，又一个经典的以少胜多的典型战例，同样它也是骄傲导致惨败的经典案例。通过这一战役，我们可以看出，苻坚是一个极其骄傲、自负的人，竟然夸下"投鞭断流"的海口，结果酿成惊天灾难。从苻坚的遭遇我们可以得出这样的结论：骄傲，就是自以为了不起，自命不凡，它是人生的大敌，也是植根于人类细胞中的一个弱点，我们必须努力地克服它，才不会让自己在骄傲里失败。

故事小·档案

- 时　　间：公元 493 年
- 地　　点：洛阳
- 人　　物：魏孝文帝
- 结　　果：北魏成功迁都洛阳，加速了北魏少数民族的汉化进程

魏孝文帝巧计迁都

北魏是一个由鲜卑族建立的少数民族政权，国内汉族人民占了多数，由于风俗习惯的不同，造成国内很多不必要的矛盾冲突，在这种情况下，北魏孝文帝推行了改革。

他在国内实行"均田制"，把无主的荒地分给农民，鼓励农民开垦，农民只需每年向国家交纳一定的赋税，这样，既开垦了许多荒地，又提高了农民的生产积极性，缓和了社会矛盾，国家的收入也增加了。

孝文帝对中原文化很感兴趣，他认为北魏要发展壮大，一定要吸收中原文化，把那些落后的习俗改掉才行。但当时北魏的都城在平城（今山西大同），离中原较远，人民很难接触到中原文化，所以他决定要把都城迁到洛阳去。

他很清楚朝中的大臣肯定会反对他的意见，于是一开始他没有透露这个想法，他在上朝的时候告诉大臣，他想率军攻打南齐。大臣们纷纷反对，其中任城王拓拔澄反对得最厉害，在朝上和孝文帝吵了起来。

冯太后

冯太后是孝文帝的祖母，是中国历史上杰出的女政治家。她十四岁的时候被魏文成帝立为皇后，公元 465 年，其子献文帝即位，尊她为皇太后，执掌朝政。后来见献文帝昏庸无能，毅然迫使他退位，将皇位传给年仅五岁的孝文帝。她虽然独掌朝廷大权，但孝文帝一直很尊敬她，在孝文帝统治前期推行的改革措施基本上都是她一手操办的，所以她也是一名女改革家。孝文帝日后能成为北魏优秀的政治家和改革家，很难说不是受了她的影响。冯太后赏罚分明，即使是很宠爱的人犯了错，她也会丝毫不姑息。但罚过之后仍然一视同仁，所以很受部下拥护。虽然她统治期间独断专行，但肯听从大臣的正确意见，所以威望很高。冯太后于公元 490 年去世，谥号文明太皇太后。

孝文帝在散朝后悄悄把拓拔澄召进宫里，告诉他："其实我并不想攻打南齐，我真正的意图是觉得平城这个地方太落后，不利于改革，所以我认为应该把都城迁到洛阳去，这样才能接触到中原文化，来改掉我们国家那些落后的风俗习惯。这次我想用攻打南齐这个借口把你们带到洛阳去，这样就直接把都城迁到那里了。"拓拔澄恍然大悟，他本来就赞成改革，于是马上同意了这个主张。

公元 493 年，孝文帝率领三十多万人马，连同朝中的文武大臣，宣布向南齐进军。大军走到洛阳的时候，正好赶上下大雨，路都被雨水淋坏了，根本没法走。可孝文帝毫不在乎，骑上马下令继续行军。大臣们都愣了，他们本来就不想去打仗，于是一个个跪在雨水中请求孝文帝收回成命，不要去攻打南齐。孝文帝很生气："这次兴师动众地出来，连敌人影子都没见到就要撤军，传出去要让人笑话的！既然出来了，至少也得干点什么，干脆，我们把国都迁到这里，怎么样？"

　　大臣们都不知道该怎么办才好，都没有说话。孝文帝又说了："做大事就不能前怕狼后怕虎的，你们不说话这算怎么回事？这样吧，同意迁都的站左边，愿意打仗的站右边。"

　　大臣们觉得迁都虽然有点突然，但总比南下去打仗要强，于是纷纷赞成迁都。就这样，北魏的都城就从平城迁到了洛阳。然后孝文帝派拓拔澄回平城报告这个消息，通知留守在平城的大臣搬到洛阳来，后来他还亲自赶回平城，劝说那些守旧的大臣。那些大臣反对的理由很多，但都被孝文帝一一驳倒，就这样，迁都的事定了下来。

　　后来孝文帝还进一步改革风俗，他规定三十岁以上的鲜卑大臣可以暂缓，但三十岁以下的大臣必须改说汉话，否则就革职；另外他还规定所有人必须穿汉服，禁止再穿鲜卑服装。孝文帝还鼓励与汉族女子通婚，他自己就带头娶了汉族女子做妃子，还让弟弟娶汉女为妻。最后，孝文帝还宣布鲜卑人一律改姓汉姓，他把自己的名字拓跋宏改成元宏，等等。这样更进一步消除了鲜卑族和汉族的差异，有利于民族融合。当然，他的改革中有一些比较极端的措施，比如规定迁入洛阳的鲜卑人死后不得归葬平城，只能葬在洛阳，这一条有悖于当时的风俗和社会道德，给改革增添了不小的阻力。

　　总的来说，孝文帝的改革还是成功的，北魏王朝逐渐强大起来。

智慧启迪

　　我们都知道，有目标的人生才会有意义，可是，如果光有目标，却不为实现目标做出努力，那也将收获一个失败的人生。那么该如何实现目标呢？实现目标不仅需要决心、毅力、奋斗精神，也还要讲究一定的方法，最好能获得更多的人的支持，就像魏孝文帝那样。只有这样，目标才能更容易实现，实现目标的过程也会变得轻松一些。

● 时　　间：唐太宗统治时期
● 地　　点：长安
● 人　　物：魏征、唐太宗
● 结　　果：唐太宗虚心听取魏征建议，成就"贞观之治"

以人为镜

　　魏征本来是太子李建成手下的官员，他曾经劝说过李建成除掉李世民。"玄武门之变"后，李世民当了皇帝，就是历史上有名的唐太宗，他派人把魏征抓了起来，然后责问他："你为什么挑拨我们兄弟之间的关系？"

　　魏征很镇定地回答："可惜当初太子没有听我的话，否则，也不会有今天的事了。"

　　唐太宗是个心胸宽阔的君主，他见魏征这么有胆识，很赏识他，对他说："这都是过去的事了，现在你是我的臣子，就应该为我效忠，以前的事谁都不要再提了。"不但没有治魏征的罪，反而还升了他的官，拜他为谏议大夫，专门给自己提意见。

　　唐太宗是个贤明的皇帝，他知道一个人不可能永远正确，要当好一个皇帝，一定要虚心接受别人的意见。所以他鼓励大臣们给他提意见，如果他有不对的地方，一定要给他指出来。在他的鼓励下，大臣们都敢说真话了，尤其是魏征，把什么事都想得很周到，有什么意见都会在唐太宗面前提出来。唐太宗很信任他，常常单独召见他，针对一些事咨询他的意见。

有一次唐太宗问魏徵："为什么历史上的帝王，有的贤明，有的昏庸呢？"

魏征回答："一个人的智慧是有限的，要多听听不同的意见，才能聪明，如果光听自己爱听的话，那就是昏君。

玄武门之变

李世民在建立唐朝的战争中功劳最大，他手下的文臣武将也最多，但他因为不是大儿子，所以没有被立为太子。太子李建成和老三李元吉很嫉妒李世民的功劳，也害怕他会夺去太子的位子，所以想尽办法害他，还在父亲面前说他的坏话。李世民为了顾全大局，处处忍让。但李建成他们还是不放过他，还打算调走李世民的部下，然后再杀了他。李世民的部下知道这个消息后马上通知了李世民，要他采取行动先发制人。李世民犹豫了很久，终于同意了。公元627年，李世民带领一支精兵在玄武门阻击李建成和李元吉，将两人射死，然后通知父亲，李渊没办法，只好立李世民为太子，两个月后将皇位传给李世民。

当然了，如果君主能够重视和采纳臣子们的意见，那么臣子们也敢大胆地提意见了，这样就能听到各种不同的意见，君主也就越来越贤明了。"

唐太宗又问："我读《隋炀帝文集》的时候发现隋炀帝这个人很聪明，又很有学问，也知道尧、舜好，而桀、纣不好，为什么他干出来的事都不是好事呢？"

魏征回答："作为君主光靠聪明和有学问是不行的，还得虚心听取大臣们的意见，隋炀帝就是因为太聪明了，所以特别骄傲，听不进别人的意见，所以他干不出好事来。"唐太宗很赞同他的见解。

唐太宗见天下太平了，于是也有点骄傲起来，不太爱听别人给他提意见了。可魏征还是老样子，动不动就提意见，有的时候还让

唐太宗下不了台。

有一次在朝上因为一件事魏征和唐太宗争了老半天，唐太宗很是生气，很想把魏征臭骂一顿，可又怕坏了自己虚心接受意见的好名声，好容易忍住没有发火。退朝以后他憋了一肚子的气，一回到内宫见到妻子长孙皇后就破口大骂："我总有一天要宰了那个乡巴佬！"

长孙皇后很少见丈夫发这么大的火，于是问道："陛下说的是谁呀？"

唐太宗怒气冲天地说："还不是魏征那混蛋，平时老在别人面前让我下不了台，今天上朝的时候又和我争起来了，把我肚皮都要气炸了！"

长孙皇后是个很明事理的女子，她听了这番话后一声不吭，回到自己房间换上节日和重大宴会上才穿的盛装礼服，来到唐太宗跟前，向他下拜。

唐太宗很奇怪，问道："皇后你这是干什么？"

长孙皇后回答："我听说只有贤明的君主才能有敢于提意见的大臣，既然魏征这么敢提意见，那就说明皇上是贤明的君主啊，作为皇后，怎么能不恭喜皇上您呢？"

这话说到唐太宗心坎里去了，唐太宗很是得意，也就不生魏征的气了。

后来他不但不处罚魏征，而且还重重赏赐了他，还对别人说："人们都说魏征这个人很粗鲁，在我看来，这正是他可爱的地方呢！"

公元643年，魏征积劳成疾，病死了。唐太宗很伤心，他经常想起魏征给他提意见和他争吵时候的场面，边想边流泪。他说："用铜来做镜子（古代的镜子是用铜做的，玻璃镜子很晚才出现），可以看到自己穿着是否整洁；用历史来做镜子，可以知道国家兴衰的原因；用人来做镜子，可以看到自己的过失。现在魏征死了，我就少了一面好镜子了。"

在魏征等人的帮助下，唐太宗把国家治理得很繁荣，历史上把唐太宗统治时期称为"贞观之治"（贞观是唐太宗统治时期的年号），把它作为封建社会繁荣时期的象征。

智慧启迪

从虚心纳谏这个角度看，唐太宗是一个胸怀宽广的人，也正因为这一点，他才得到了魏征这样一个敢于直言的大臣，使自己少犯了许多错误，并得以成为一代明君。能做到唐太宗这样是很不容易的，因为从本性上讲，人人都愿意听好话，谁也不愿意让别人说自己不好，可是，如果人人都唱高调，眼见错误也不给你指出来，那结果可想而知，只能让你在错误的路上越走越远，甚至无法回头。所以，每一个想有所成就的人，都应该有一个宽广的胸怀，要善于听取别人的建议或意见，及时调整自己的行为，才能取得日后的成功。

故事小·档案

● 时　　间：公元 629 ～ 645 年
● 地　　点：天竺（印度）
● 人　　物：玄奘
● 结　　果：带回大量佛经，为佛教发展做出了贡献

唐玄奘取经

《西游记》是我国最伟大的一部神怪小说，里面的故事都是虚构的，但唐僧这个人物确实是有生活原型的，他就是唐朝著名僧侣玄奘法师。

玄奘原名陈祎，十三岁就出家当了和尚，他对佛学很感兴趣，向当时很多有名的高僧请教过佛学问题，很早就出了名，被人称作三藏法师（三藏是佛教经典的统称，三藏法师就是指掌握了所有佛教经典的和尚）。当时的佛经都是从佛教发源地天竺传过来的，由于语言不通，所以都翻译成汉字。玄奘在研究佛学经典的时候发现很多地方翻译得有问题，而且有很多佛经中国根本就没有，所以他想去天竺学习。

公元 629 年，玄奘向唐太宗上书，请求让他去天竺，但没有获得批准，于是他想偷偷地去，打点好行装就出发了。走到凉州的时候被士兵发现，让他回去。他偷偷越过边防关卡，来到瓜州。

当时凉州的官员已经发现他偷越关卡，正在通缉他。他不敢走大路，只好请了一个当地人给他带路，结果那人带他混过玉门关后想抢劫他，玄奘好容易才逃掉。

玄奘穿越沙漠的时候一个不小心把水袋给打翻了，在沙漠里没有水就是死路一条。他想返回去取水，但又想起出发时立的誓言：不到达目的地，绝不回头！于是他继续往西走。

在沙漠里连只鸟都看不见，只有遍地黄沙，玄奘在沙漠里走了四天，还是没有找到有水的地方，四天四夜没有喝水的玄奘终于支撑不住，昏倒在沙漠上。到了第五天半夜的时候，一阵凉风把他吹醒。他好不容易才站起来，牵着马继续往前走，终于找到了一个小池塘，补充了水分，他又走了两天才走出沙漠，到了高昌国（今新疆吐鲁番东）。

高昌国王是个佛教徒，他热情款待了玄奘，请他讲经说法，还想让他留下来。玄奘谢绝了，高昌国王没办法，给他准备好行装，又派了二十五个人护送他，还写信给沿途的国王，让他们好好照顾玄奘。

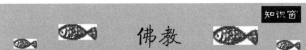

知识窗

佛教

佛教是由印度的释迦牟尼创立的，是世界三大宗教之一，在东亚、东南亚地区很有影响。佛教认为，人生就是苦，所以要修行，悟出真理，净化自己，才能脱离苦海，摆脱生死轮回，进入西天极乐世界。佛教一开始的时候对摆脱轮回的要求很高，到了后来，为了吸引教徒，大多都把解脱的方法简单化了，比如禅宗的"放下屠刀，立地成佛"就是其中比较极端的一个例子。佛教传入中国后在中国迅速传播开来，出现了很多本土化的教派，比如净土宗、天台宗、禅宗之类。在它的发源地印度，它的影响现在已经很小了，但在东亚、东南亚等地还是相当有市场的，有的国家还把佛教定为国教，全国上下都信奉。

玄奘一路过沙漠，翻雪山，经受了千辛万苦，好不容易才到了天竺。天竺有许多佛教的名胜古迹，玄奘在天竺四处游历，拜师学经。有一次在渡河的时候遇到一群信奉邪教的强盗，想杀了玄奘祭神。玄奘怎么说都不行，只好闭

上眼睛念经，求佛祖保佑。说来也巧，顿时刮起一阵狂风，差点把船给打翻。那些强盗以为玄奘真有什么法力，赶紧跪下求饶，这才幸运脱险。

天竺有个很强大的国家叫摩揭陀，那里有一座很古老的寺庙叫那烂陀寺，里面收藏了很多珍贵的佛经，还有一位百岁高龄的戒贤法师，很有学问。玄奘拜戒贤法师为师，跟他学习了五年。

摩揭陀国王叫戒日王，他听说了玄奘的名声，于是给他办了个讲学大会，请了天竺十八个国家的国王和三千多个高僧来参加。在会上可以随便提问和辩论，大会开了十八天，很多人向玄奘提出种种难题，但没有一个人能难倒玄奘的，玄奘名声大振，大乘教派尊称他为"大乘天"，小乘教派尊称他为"解脱天"。大会胜利结束后，戒日王非常高兴，坚持邀请玄奘参加五年才举办一次、历时七十五天的"无遮大会"。玄奘在大会结束后踏上了回家的旅程。

公元645年，玄奘带着六百多部佛经回到长安，在长安引起轰动，唐太宗当时正在洛阳，派人把玄奘接到洛阳接见他。

玄奘向唐太宗详细汇报了这次西行的经过，唐太宗听了之后很受感动，想让他还俗做官，玄奘婉言谢绝了。

后来玄奘在长安弘福寺住了下来，由朝廷提供经费，又召集了各地有名的高僧帮助玄奘翻译经书。朝廷还专门为玄奘修建大慈恩寺，邀请玄奘担任上座，又在大慈恩寺西院修建了一座宝塔安置玄奘带回来的佛经和佛像，这就是著名的大雁塔。

玄奘日夜操劳，翻译佛经，终于积劳成疾，于公元664年2月圆寂。他总共翻译佛经七十五部共一千三百三十五卷，为佛教在中国的传播和中印人民的友谊做出了贡献。

智慧启迪

看过《西游记》的人都知道，唐僧师徒是历经了九九八十一难之后才取回真经的。可见，世上的事很难一帆风顺，在做任何事情的过程中，都会遇到这样那样的困难。人生也一样，也充满了磨难。当一个人走过的路比别人长、摔过的跤比别人多时，他学到的东西就会比别人多，积累的经验也会比别人丰富，这样，当逆境再一次到来时，他就能比别人更轻松地面对和度过。从这个意义上说，苦难是人生最好的老师，它可以成就一个人。

故事小·档案

● 时　　间：公元 755 年
● 地　　点：河北范阳（今北京西南）
● 人　　物：安禄山、唐玄宗
● 结　　果：叛乱持续了八年之久，唐朝从此丧失了元气，逐渐衰落

安禄山叛乱

　　唐玄宗当了二十多年皇帝后，看到国家已经治理得非常繁荣富强了，于是就骄傲起来，开始沉溺于酒色之中，渐渐不理政事。他任用李林甫为宰相，李林甫是个大奸臣，把国家治理得一团糟。唐玄宗后来又宠幸一个叫杨玉环的妃子，封她为贵妃，就是历史上有名的杨贵妃。杨贵妃有个堂兄叫杨国忠，后来也被任用为宰相，他也是个大坏蛋。唐朝在李林甫和杨国忠的操纵下，逐渐走向衰落。

　　当时唐朝为了巩固边疆，在边境设了十个藩镇，长官叫作节度使，权力很大，一般节度使卸任后都可能调到中央当宰相。李林甫担心那些节度使抢了他的位子，他认为胡人没文化，于是强烈建议用胡人当节度使，这样他们不能调进京城当宰相，他的位子就稳固了。唐玄宗很信任李林甫，于是采纳了他的建议。

　　这些胡人节度使中，最受唐玄宗信任的是平卢（今辽宁朝阳）节度使安禄山。安禄山是个很有心眼的人，他特别擅长拍马屁，哄得唐玄宗很高兴，不久又兼任范阳节度使。

马嵬驿兵变

公元 756 年，安禄山攻下潼关后向长安发起进攻，唐玄宗惊慌失措，赶紧带着一批大臣还有妃子们在禁卫军的保护下逃跑。由于走得匆忙，没有准备足够的食物，沿途的官员和百姓又跑得差不多了，第三天走到马嵬驿（今陕西平兴县西）这个地方的时候，士兵们又累又饿，实在走不动了。他们越想越气，认为这都是让奸臣杨国忠给害的，于是在将军陈玄礼的鼓动下发动了兵变。他们抓住杨国忠，把他的脑袋砍了下来，这还不够，他们认为杨贵妃也有责任，于是吵吵嚷嚷地要唐玄宗把杨贵妃也给处死。唐玄宗很害怕，但又舍不得心爱的妃子，考虑了很久，才狠下心来，让高力士把杨贵妃带到别的地方用绳子勒死了。士兵们这才满意，继续保护唐玄宗到成都。

安禄山经常搜刮金银珠宝献给唐玄宗，他知道唐玄宗喜欢将领报战功，于是经常把边疆少数民族的首领请来喝酒，趁他喝醉后将他们杀掉，把头送到朝廷表功，吹牛说是又打了胜仗，唐玄宗以为安禄山真的很能干。

唐玄宗经常召安禄山到长安来玩，安禄山长得很胖，肚子特别大，但他跳胡旋舞跳得特别好，经常在唐玄宗面前捧着个大肚子跳舞，把唐玄宗逗得很开心。有一次唐玄宗开他玩笑，摸着他的肚子问道："这么大个肚子，里面都装些啥东西？"

安禄山赶紧回答，"什么都没有，只有一颗报效国家和朝廷的忠心"，把唐玄宗哄得特别开心。

安禄山在唐玄宗面前总是装出一副傻乎乎的样子。有一次他见到太子故意不下拜，别人提醒他这是太子，要跪拜的。安禄山装作不懂，问太子是什么官。别人告诉他太子就是皇位的继承人，他才装出一副很害怕的样子给太子下拜，说自己是胡人，不懂得朝廷的礼仪，不知

道太子原来是未来的皇帝。唐玄宗知道这事后认为他很老实，更喜欢他了。

后来唐玄宗封安禄山为郡王，专门在长安造了一栋很豪华的住宅送给安禄山，他又让杨贵妃收安禄山为干儿子，从此安禄山可以随便进出内宫。

安禄山后来又兼任了河东（今山西太原）节度使，势力越来越大，他暗中训练兵马，囤积粮草，还把部将都换成胡人，形成了一支以胡人为核心的军事力量。他也不是没有良心，他心里还是很感激唐玄宗的，所以他准备等唐玄宗一死就发动叛乱。

后来李林甫病死了，杨国忠很看不起安禄山，两人关系很差。杨国忠经常在唐玄宗跟前说安禄山的坏话，唐玄宗召安禄山去长安，安禄山装病不去，于是唐玄宗也对安禄山开始怀疑起来。安禄山也察觉到唐玄宗对他的信任开始动摇，于是决定提前叛乱。

公元755年，安禄山决定起兵。当时正好从长安来了个官员，安禄山伪造了一道圣旨，把部下召集起来宣布："皇上密旨，要我带兵入京铲除奸臣杨国忠！"

于是第二天，安禄山带领十五万人马杀向中原。当时已经很多年没有打仗了，中原的军队根本就没怎么训练，战斗力很差，安禄山一路上几乎没遭到什么抵抗。

消息传到唐玄宗耳朵里，他还不相信，以为有人造谣，后来坏消息一个接着一个，他才相信了。他怕得不得了，召集大臣开会讨论，杨国忠毫不在乎地说安禄山造反不得人心，他手下也不会一直跟着他，过不了几天，一定会有人把安禄山的人头送来的。

结果根本就不是他说的那样，安禄山很快渡过黄河，占领了洛阳，

第二年自称大燕皇帝，在洛阳登基即位。接着又对长安发起进攻，在潼关歼灭唐军主力，很快就占领了长安。唐玄宗逃到了成都，让位给太子。由于安禄山叛乱确实不得人心，许多被占领的城市纷纷起义。唐朝军队经过整顿后，在优秀将领郭子仪和李光弼等人率领下多次打败安禄山的军队。安禄山后来被儿子安庆绪杀死，安庆绪又被部将史思明杀死，史思明继续与唐朝作对。唐朝花了八年时间才平定了叛乱，但已经元气大伤，军权也落在了各地节度使手里，唐朝从此衰落下去。

智慧启迪

事情是发展变化着的，一成不变的事物是不存在的，所以，即便是现在身处顺境的人都要有危机意识，都要懂得居安思危的道理，否则，等到危机来临时，自己就会因为毫无准备而措手不及。这里所说的准备，包括心理上和能力上的准备，有危机意识的人，不但会在心理上时时关注着事态的发展，还会注意不断提高自己的应变能力和化解危机的能力。在这一点上，唐玄宗可以说就做得很不好，结果害得自己仓皇出逃，还搭上了杨贵妃的性命。

杯酒释兵权

宋太祖即位后没多久，就有两个节度使起兵造反，虽然都给镇压下去了，可他心里还是很不踏实。

他找来宰相赵普，问道："为什么自从唐朝灭亡以来，换了那么多朝代，就没有谁能够长时间稳坐江山的，这是为什么？"

赵普回答："这是因为藩镇的势力太大，大到朝廷没法控制的地步了，所以他们之间争权夺利，朝廷也拿他们没办法，再说势力大了造反也容易，所以改朝换代就很频繁。"

宋太祖恍然大悟，连连夸奖赵普说得有道理。

过了几天，赵普找到宋太祖，对他说："石守信和王审琦权力太大，最好还是把他们调离禁军。"

宋太祖摇摇头，说："他们俩都是我的老朋友，以前还和我结拜过，不可能背叛我的。"

赵普告诉宋太祖："我也知道他们俩不会造反，但他们不是那种管得住手下的人，万一哪天下面的士兵闹起事来那就完了。"

宋太祖觉得很有道理。

赵匡胤黄袍加身

周世宗死后，年仅七岁的周恭帝即位，当时兵权掌握在任殿前都点检的赵匡胤手中，京城里有种传闻，说是点检做天子。公元960年，赵匡胤派人假传警报，说是辽国大举入侵，把太后、小皇帝和大臣们吓得半死，只好派赵匡胤带兵前去抵抗。赵匡胤走到离京城二十里的陈桥的时候，下令休息，他派人在军队鼓动人心，要士兵们拥护他当皇帝。于是在晚上的时候，一群军官闯进赵匡胤的营房里，把一件黄袍披在赵匡胤身上，称他为皇上。赵匡胤早有准备，假装推辞了几番就欣然接受了。于是带兵回到京城，逼迫太后和幼帝退位，自己做了皇帝。但赵匡胤很感激当年柴荣对他的厚遇，所以一直对废掉的小皇帝很好，允许柴家的后人享受皇室成员的待遇。就这样，北宋王朝并不光彩地建立了起来。

又过了几天，宋太祖把石守信等几位老将请进宫里喝酒。喝了几杯后，宋太祖让伺候的人都出去，举起一杯酒对那些老将说："我能当上皇帝，全靠你们大家的支持，但是你们不知道啊，皇帝这个位子不好坐，我这段时间没有睡过一个安稳觉。"

大家急忙问是为什么。宋太祖回答："还不是担心有人眼红我这个位子呗！"

那些老将虽然是粗人，但也听出点意思了，赶紧跪下说："现在天下太平了，谁还敢有别的想法？"

宋太祖说："你们几位都是我的老朋友了，我还信不过你们？我只是担心哪天你们的部下想学你们，把龙袍披在你们身上，只怕到时候你们就身不由己了。"

那些人一个个吓得直磕头，边哭边说："我们都是粗人，想不到这一点，请陛下指出一条生路！"

宋太祖把他们一一扶了起来，然后说："我这几天也没闲着，替你们打算了一下，要不这样吧，你们把兵权都交出来，我让你们做个闲官，再给你们一大笔钱和房屋田产，你们开开心心地安度晚年，咱们共享荣华富贵，怎么样？"

石守信他们连声说道："陛下为我们想得太周到了！"

第二天，石守信他们就递上来奏章，说自己岁数大了，已经不能带兵打仗了，所以请求辞职。宋太祖马上批准，还给了他们一大笔钱，派到各地去当闲官。

后来，宋太祖召见那些来朝见他的节度使，对他们说："大家都立了不少汗马功劳，现在岁数都大了，藩镇上的事又那么多，我真的不忍心让你们再这样操劳下去。"

那些节度使也听出了皇帝的意思，纷纷表示要告老还乡，宋太祖很高兴，赏给他们很多财物，然后把他们的兵权给解除了。

就这样，宋太祖逐步收回了兵权。他改革了军事制度，把地方上的精兵编入中央军队，地方行政长官由朝廷委派，行政长官只能干涉地方行政，没有调遣军队的权力，这样就避免了藩镇割据的可能性。这使得北宋王朝的统治很快巩固了下来，没有走五代十国的老路。

一般一个新王朝的统治巩固下来之后，皇帝为了巩固自己的统治，往往会杀害那些当初帮助他打下江山的功臣们。而宋太祖却没有这样做，他解除了功臣们的兵权后并没有杀害他们，而且他还立下誓言，子子孙孙都不能杀害功臣的后代，也不能随便杀士大夫。北宋因此成为对功臣最好的朝代，也没有出现将大臣处死的情况。但是宋太祖将地方军队削弱这个措施造成的不良后果就是军队战斗

力低下，而且军队数量恶性膨胀，导致在面对北方少数民族侵略的时候没有还手之力。另外，北宋优待功臣后代和士大夫的政策也导致财政经费大量浪费在官僚机构上。北宋王朝统治时期最大的问题就是兵多官多花费多，导致国家始终不能富强起来，最后在侵略者面前不堪一击，被金国所灭。

智慧启迪

赵匡胤是一个讲究策略的人，他用杯酒释兵权，而后改革了军事制度，避免了藩镇割据，巩固了北宋王朝。我们在学习的过程中也应该讲究方法，这样才能事半功倍。

故事小·档案

● 时　　间：公元 1004 年
● 地　　点：澶州（今河南濮阳）
● 人　　物：寇准、宋真宗
● 结　　果：北宋击退了辽国的进攻

寇准谋国

公元 997 年，宋真宗即位，他是一个懦弱无能的昏君，但他身边有许多能干的大臣，所以国家治理得还不错，寇准就是其中的杰出代表。

自从杨业战死后，辽国欺负宋朝军队战斗力差，又缺少优秀的将领，所以常常侵略中原。公元 1004 年，辽国的萧太后和辽圣宗率领二十万大军南下中原，消息传来后，宋真宗和大臣们开会商量对策。

当时的副宰相王钦若和陈尧叟劝宋真宗迁都，他们认为辽兵来势凶猛，怕抵挡不住，所以先躲躲再说。他们俩也打着自己的小算盘，王钦若是金陵人，所以主张真宗把都城搬到金陵去，而陈尧叟是四川人，极力鼓动真宗到成都去。这时候寇准生气了，大喊："谁敢鼓动皇上逃跑，动摇军心，斩！"吓得二人不敢说话了。

寇准是北宋有名的忠臣，他在宋太宗时期就以喜欢提意见而出名。有一次他向太宗提意见，太宗很不高兴，转身就走，他竟然拉着太宗的袖子不让走，非要太宗坐下听他把话讲完才行，最后太宗采纳了他的意见，称他是和魏征一样的人。

毕竟宋太宗不是唐太宗，他后来因为寇准直言犯禁而把他贬到外地做官去了。真宗即位后听说寇准当初在太宗面前赞成立自己为太子，很感激他，于是把他召回了朝廷。这次国家遇到空前的危机，他想听听寇准的意见。

寇准向真宗分析："现在全军上下团结一致，只要真宗亲自领兵出征，敌人肯定会害怕得逃走，要不然，也可以出奇制胜，或者坚守城池，总之总会有办法的，怎么可以抛弃祖宗的坟墓，跑到别的地方去呢？"

真宗觉得他说得很有道理，于是同意御驾亲征。

当时辽兵已经打到了澶州，宋军走到澶州南边的韦城的时候听说辽军兵强马壮，人数众多，很多人都吓坏了，要求真宗不要往前走了。寇准站出来说："现在陛下已经快到前线了，如果不渡过黄河的话，是吓不住敌人的，我军的士气也得不到提高。现在每天都有军队

知识窗

杨家将

民间传说中把杨家将作为忠君爱国，反抗外国侵略的象征，历史上确实存在杨家将，文艺作品中的杨老令公就是北宋大将杨业。杨业本来是北汉大将，北汉被北宋灭掉后，他被招降，安排在边境抵抗辽军的侵略。由于他武艺高强，作战勇猛，辽军很怕他，都叫他"杨无敌"，一看到他的大旗就纷纷躲避。公元986年，宋太宗派潘美为主将，杨业为副将，攻打辽国。一开始还很顺利，后来另一支部队吃了败仗，于是下令撤军。在撤退途中，杨业受小人陷害，被迫担任诱敌工作，可将敌人引到事先说好的地方时，却又没人。杨业知道大势已去，只好率兵和辽兵拼命，手下和儿子杨延玉都战死了，杨业因为战马受伤不能行动，而被敌人俘虏，他死也不肯投降，绝食三天之后死去。他的几个儿子日后都为抗击辽国侵略做出了贡献，所以老百姓才会如此崇敬他们。

前来支援，我们还怕什么呢？"有的大臣还是劝真宗迁都逃跑，真宗也有点动摇，双方争执不下。寇准在门口碰见大将高琼，问高琼："国家对你那么好，你怎么报答？"高琼回答："我愿意以死来报效国家！"于是寇准把高琼带到真宗面前，对真宗说："陛下如果不相信我的话，那么请问问高琼吧！"高琼告诉真宗："寇准的话是对的，将士们的家属都在京城里，他们是不愿意背井离乡跑到南方去的。如果陛下执意南下的话，恐怕士兵们中途逃跑，就没人保护陛下了。而且大家现在一心杀敌报国，陛下您还等什么呢？"

真宗这才下定决心渡黄河，将士们看见皇帝都过来了，欢声雷动，声音都传到了几十里外去了，把辽国人吓得都队伍都排不整齐了。

寇准像

真宗把指挥大权交给寇准，派人去观察寇准都在干什么。来人报告说寇准正在和部下喝酒赌钱，开心得很呢。真宗高兴地说："寇准这么放松，那我就不用担心了。"

过了十几天，辽国的主将萧挞览在侦察宋军营地的时候被弩箭射死，辽军士气更加低落了，于是萧太后想和北宋议和，但被寇准拒绝了。但是真宗是个很软弱的人，他很害怕打仗，于是向使者打听议和条件。

使者说要议和的话，宋朝得割地赔款。真宗对寇准说："割地肯定不行，但辽人真的要议和的话，给他们点钱倒是可以考虑的。"寇准根本就反对，但也没办法，只好同意议和。

寇准把宋朝要派去谈判议和的官员叫到跟前，命令他赔款数目不能超过三十万，否则就杀了他。果然，最后达成和约的条件正好是三十万。

回到京城后，真宗觉得寇准立了大功，很器重他，寇准也对自己的功劳感到有点得意。但好景不长，当初因为提议迁都而受过寇准责备的王钦若对寇准怀恨在心，在真宗面前说坏话，说敌人打到家门口来，然后签订和约，这在古时候叫城下之盟，是一种耻辱，以真宗的身份签订城下之盟是最大的耻辱。另外他还说寇准当初鼓动真宗御驾亲征纯粹是拿真宗当赌注，一点也不尊重他。真宗听了之后也有点看不惯寇准了，后来就把寇准的宰相职务给撤掉了。

智慧启迪

国家有难，匹夫有责，这句古训同样适用于现代人，当国家遭遇危难时，每一个公民都应该像寇准那样，不怕困难，不怕危险，坚定不移地维护国家和集体的利益。小学生要将这种勇气放到日常生活中，遇到困难不能轻易服输。

故事小·档案
- 时　　间：公元 1140 年
- 地　　点：中原地区
- 人　　物：岳飞、兀术
- 结　　果：大败兀术，可惜被十二道金牌召回，功亏一篑

岳家军大败兀术

　　岳飞是相州汤阴（今河南汤阴）人，自幼喜爱读书习武，对兵法很感兴趣，由于从小锻炼身体，他力气很大，还没成年就能拉开需要三百斤力气才能拉开的弓。他师父死后，岳飞定期去给师父上坟，他父亲很感动，认为他以后能成为忠君报国的人。

　　岳飞成年之后就加入了军队，临行前他母亲在他背上刺了"精忠报国"四个大字，从此，这句话成了岳飞一生的写照。他加入军队后很快就以勇敢和善于用兵而出了名。

　　金国入侵之后，岳飞很痛恨金兵的残暴，每次和金人作战他都身先士卒。在新乡战役中，敌人数量很多，宋军都不敢往前冲，岳飞带领部下单独冲进敌阵，夺得了敌人的旗帜，宋军在他的鼓舞下奋力冲锋，终于打败了敌人。岳飞逐渐从一个小军官成长为一名高级将领。

　　岳飞治军非常严格，平时训练的时候，都让士兵穿上很重的铠甲来练习跳跃。他儿子岳云有次训练的时候不小心从马上摔了下来，差点被岳飞处死。岳飞的部队纪律非常严厉，行军的时候严禁骚扰

岳飞遇害

知识窗

岳飞被召回朝廷后，一天也没有忘记收复失地。而当时的宰相秦桧则是投降派，他害怕和金国打仗，天天唆使宋高宗议和。后来好容易谈成了和约，但金人觉得岳飞始终是个隐患，于是和秦桧勾结，让他把岳飞除掉。于是秦桧捏造罪名，诬陷岳飞想造反，收买岳飞的手下告发岳飞谋反，于是将岳云和岳飞的部将张宪抓起来严刑逼供，他们被打得死去活来，但就是不肯诬陷岳飞。岳飞也被抓了起来，他说什么也不肯向秦桧等人低头，不管怎么拷打，他都不招。大家都知道岳飞冤枉，韩世忠找到秦桧，质问他到底有什么证据。秦桧支支吾吾地说："这事'莫须有'。"韩世忠非常气愤："'莫须有'这三个字怎么能让天下人心服！"

公元1142年，秦桧派人给岳飞送去毒酒，将岳飞杀害，岳云和张宪也被斩首。南宋百姓都知道岳飞冤枉，一个个恨透了秦桧。宋高宗死后，岳飞才被平反。

老百姓。有的时候晚上下雨，士兵们为了躲雨都站在屋檐下，冷得发抖，但当老百姓请他们进去休息的时候，没一个人敢进去。还有一次军队的粮食吃光了，路过村庄的时候士兵们宁可饿肚子也不敢去百姓家里拿粮食，所以很得民心。他们打起仗来都英勇不怕死，被称为岳家军。一般金兵看到城池上的旗帜如果写的是个"岳"字，都不敢去进犯。金人都不敢直呼岳飞的名字，都管他叫"岳爷爷"。岳家军从来没有打过败仗，金人都感叹道："撼动一座山容易，要想撼动岳家军，那真是太难了！"

岳飞不仅仅不是一个普通的武将，他还富有仁爱之心，有一年岳飞收复了虔城，当时皇帝命令他把虔城人都杀光，岳飞死也不同意，多次上书为当地百姓请命，好容易才感动了皇帝，保全了百姓的性命。当地人非常感激他，家家户户都画了幅岳飞的画像，放在大厅里祭拜。

公元1140年，金国撕毁和约，派兀术率领大军分四路向南宋大举进攻，宋高宗赶紧下令各地将领率军抵抗。岳飞马上带领部下奔

赴抗金前线，他把总部放在郾城，指挥部下各路人马夹击金军，把金军打得大败。

兀术很害怕，他召集部将商量，认为别的将领倒还不算什么，就岳飞最可怕，于是决定先集中力量把岳飞打垮。他率领大军杀到郾城，想趁岳飞的主力部队在别的地方作战，总部防守薄弱而把岳飞打败。

岳飞丝毫也不怕兀术，他派儿子岳云率领一支骑兵充当先锋，下令："如果打了败仗回来，就提自己脑袋来见我！"

岳云不愧是岳飞的儿子，他使一对银锤，率领骑兵冲进敌阵，大杀了一通，金兵根本没有人能抵挡得住的，被杀得血流成河。岳云得胜而归，金兵吓得都不敢往前冲了。

兀术很无奈，决定动用自己的王牌部队"铁浮图"，"铁浮图"是兀术手下最精锐的一支骑兵部队，人人身上都披着很厚的铁甲，弓箭很难射得穿，每三个骑兵用绳索连在一起，每次冲锋三人一组，冲击力非常大，一般的阵地都会被冲垮。另外两边还有两支骑兵包抄夹击，被称作"拐子马"。这种骑兵威力非常大，第一阵冲下来，岳飞吃了点亏。

但岳飞很快就看出了"铁浮图"的弱点，他命令骑兵撤下来，挑选了一批骁勇善战的步兵，每人手拿大刀长斧，上阵的时候弯下腰，只砍马腿不砍人。由于"铁浮图"是每三个人连在一起的，只要有一匹马倒下，另外两匹也就无法动弹了，上面的骑兵跌下马来就被后面的马踩死或者被岳飞的部队杀死。岳飞用这一招把"铁浮图"杀得落花流水，兀术见自己的王牌部队被打得大败，一屁股坐地上放声大哭："自从开战以来，全靠拐子马打胜仗了，这下全完了！"兀术还不死心，过了几天，又率领大军进犯，宋将杨再兴率领三百人巡逻，遇上金兵，赶紧交战，杀死两千多人，杨再兴和三百名官兵全部英勇殉国，张宪带兵前来支援，才打退了金兵。事后，岳飞找到杨再兴的遗体，从他身上拔出了很多箭头。杨再兴本来是曹成起义军里的将领，当初和岳飞交战，杨再兴英勇无敌，一连杀死岳飞手下排名第五的大将韩顺夫和岳飞的弟弟岳翻，后来被俘虏后，岳飞不计前嫌，把杨再兴收为部将，在抗金战争中立了很多功劳。杨再兴战死后，人们在当地建了杨再兴将军庙来纪念他。

兀术又率兵进攻颍昌，谁知岳飞早就派岳云带领人马在那儿等候，岳云率领八百骑兵在敌阵中来回冲杀，根本没有人敢抵挡。兀术又打了个大败仗。当时河北和黄河一带的抗金起义军都打着岳家军的旗号到处袭击金军，金军一个个吓得胆战心惊，望风而逃。

宋朝军队在岳飞等将领的率领下越打越好，一直打到离东京汴梁还有四十五里的朱仙镇，眼看大好江山马上就能收复了，可恨当时南宋宰相秦桧是个卖国贼，一心唆使宋高宗和金朝议和，将岳飞等人从前线撤回。后来秦桧害怕岳飞会阻碍他卖国，便捏造罪名将岳飞杀害了，这是中国历史上最大的冤案之一，秦桧也因此成为中国历史上最臭名昭著的卖国贼。

智慧启迪

保家卫国，不仅需要勇气，还需要智慧，岳家军就是这样，他们不但艰苦练兵，还能够针对敌人的弱点想出克敌的方法，这比盲目地抗敌不知要强上多少倍，因为这样做会使己方的损失减至最小，保存自己的实力，收到事半功倍的效果。这一点很值得小朋友们借鉴，当我们遇到困难时，也应该有针对性地解决问题，而不要像无头苍蝇那样莽打莽撞。

成吉思汗的成长

　　南宋末年，在北方的蒙古草原上，生活着蒙古族人民，他们分为许多部落，平时相互攻杀，但又受到金朝统治者的剥削和压迫。铁木真的祖先俺巴孩就是被金人杀害的。所以，蒙古族人民的生活是非常艰辛的。

　　铁木真的父亲是孛儿只斤部落首领也速该。也速该在铁木真出生的那天俘房了另一个部落的首领铁木真，为了纪念这件事，给自己刚出生的儿子取了同样的名字。

　　铁木真九岁那年，也速该带他到朋友家给他定亲，把铁木真留在朋友家里，自己一个人赶回家，在路上肚子饿了，正好遇到一群塔塔儿族的人在举行宴会。当时蒙古族的风俗是赶路的时候遇到别人在举行宴会，一定要停下来去参加，否则是不礼貌的。所以也速该就参加了他们的宴会。谁知道当年也速该和塔塔儿人打过仗，被认出来了，于是他们偷偷在也速该的饭菜里下了毒，也速该回到家里就死了。

　　也速该一死，孛儿只斤部落由于没有了首领，人们纷纷散伙，

128

当时依附孛儿只斤部落的泰亦赤部也离开了，还带走了孛儿只斤部的大部分人口和牛羊。他们害怕铁木真长大后找他们报仇，于是派人捉拿铁木真，想斩草除根。铁木真听到这个消息后逃到了深山里，他躲了九天九夜，实在饿得受不了了，于是走了出来，一出来就被抓住了，被戴上木枷拉到各个部落示众。有一次泰亦赤人举行宴会，只留了一个人看守铁木真，铁木真瞅准机会用木枷打晕了看守逃了出来。他带着母亲和弟弟妹妹们逃进了深山，平时靠捉老鼠、小鸟为食，日子过得很艰苦。

铁木真在这种艰苦的环境里不但没有消沉，反而刻苦锻炼自己，十几岁的时候他就能不用马鞍骑马，双手都能拉弓射箭，百发百中，成为一名优秀的蒙古战士。他意识到光靠自己是很难报仇的，于是他找到了父亲当年的结拜兄弟克烈部的脱里罕（即王汗），认他作义父，借助他的力量逐渐收拢了失散的族人和牲畜。他又赢得扎木合的支持，对抢走自己未婚妻的蔑尔乞惕部发动攻击，于公元1185年消灭了蔑尔乞惕部，取得生涯第一场战争的胜利。战争结束后，他与扎木合结拜为兄弟，两人关系非常要好。但是铁木真强大起来后，扎木合手下很多人跑去依附他，引起扎木合的不满。后来扎木合的弟弟在偷铁木真部落的马匹时被杀死，两人矛盾爆发，扎木合率领手下十三个部

知识窗

蒙古帝国

蒙古帝国通常被认为创建于铁木真统一蒙古高原上各部落，称成吉思汗的1206年，结束于明太祖朱元璋建立明朝的1368年。经过成吉思汗本人和他的儿孙的东征西讨，蒙古帝国在鼎盛时期统治了从东亚到中亚、西亚、东欧的大片地区，成为前所未有的巨大帝国。蒙古帝国的建立加速了东西方的文化、技术、经济的交流，促进了多民族的融合。

落共三万人对铁木真发动进攻。铁木真把手下三万人分成十三支部队反抗，由于铁木真的军队刚组建不久，抵挡不了扎木合久经沙场的骑兵的攻击，很快就败退了。扎木合心狠手辣，他把抓到的俘虏都丢进大锅里活活煮死，而铁木真则发给俘虏粮食，把他们好好地送回去。这样，扎木合的部下认为扎木合太残忍，而铁木真很仁慈，于是纷纷抛弃扎木合而投靠铁木真。结果铁木真虽然吃了败仗，但实力反而更强了。

铁木真没有忘记塔塔儿部的杀父之仇，正好1196年的时候，塔塔儿部的首领得罪了金朝，金朝约铁木真和王汗联合出兵夹击塔塔儿部，把他们打得大败，铁木真报了大仇，也赢得了金人的信任和支持。

铁木真一直依靠王汗的力量，势力强大起来后，开始逐渐脱离王汗的控制，他善于利用各部落之间的矛盾，从中获得利益。在攻打乃蛮部的时候，王汗的部队吃了败仗，铁木真派兵打败了乃蛮部队，救了王汗，就这样逐渐树立了自己的威信，也吸引了王汗手下不少人来投奔。

公元1201年，铁木真与王汗联合出兵，打败了扎木合，扎木合投靠王汗。1202年，铁木真消灭了塔塔儿四个部落，控制了呼伦贝尔草原，势力大增，引起了王汗的恐惧和不满。于是1203年，王汗趁铁木真不备，发动突然袭击，打败了铁木真。但铁木真并没有从此一蹶不振，不久后他奇袭王汗的营帐，灭掉了王汗的克烈部。公元1204年，铁木真消灭了草原上最后一个对手乃蛮部的太阳汗，成为蒙古草原上的霸主。

公元1206年，铁木真召开忽里台大会，宣布自己是蒙古国的大汗，称号为"成吉思汗"，可笑的是金朝还以为自己还能控制蒙古帝国，

要蒙古向他们称臣进贡。成吉思汗哪忍得下这口气，正好这个时候完颜永济当上了金朝皇帝，派人给成吉思汗下诏书，成吉思汗一向瞧不起他，这次听说是他当了皇帝，当着使者的面吐了一口唾沫，说道："我以为中原的皇帝都是天上人做的，卫王算个什么东西！他也配让我给他下拜！"说完骑上马走了。从此蒙古和金朝决裂。成吉思汗以为祖先俺巴孩报仇为名大举进攻金朝，把金国大军打得落花流水，金朝只好赔了他无数金银财宝才把他请回去。1219 年，成吉思汗派了一支商队到西方，经过花剌子模（今乌兹别克斯坦境内）的时候遭到当地军队抢劫，死了不少商人，成吉思汗大怒，率兵二十万攻打花剌子模，很快就攻了下来，又向中亚进军。由于当初出兵的时候请西夏帮忙，西夏拒绝了，于是成吉思汗又进攻西夏。在围攻西夏都城的时候成吉思汗病逝，在临死前提出联宋灭金的战略思想，并嘱咐一定要灭掉西夏。公元 1234 年，金朝在蒙古和南宋军队夹击下灭亡。

智慧启迪

成吉思汗统一蒙古各部，在历史上起到了进步作用，攻金灭夏，为元朝的建立奠定了基础。有人说他具有过人的精力、鉴别力、智力、理解力和感召力，他公平、坚定、无畏；有人说他"从政治、军事、民族心理上深深地影响了欧洲及世界"。透过成吉思汗的一生，我们应该懂得这样的道理：遇到挫折和失败时千万不要气馁；成大事者必知进退，一定要懂得隐忍；要想成就自己的事业，绝不能优柔寡断。

文天祥抗元

成吉思汗的孙子忽必烈即位后，改国号为元，多次出兵南宋，攻下襄阳后乘胜南下，想一举灭掉南宋。

当时南宋皇帝是个才四岁的小孩，掌权的实际上是他的祖母谢太后，谢太后和大臣们商量如何抗击元军入侵，最后决定下诏书让各地将领带兵救援。结果响应的人很少，只有赣州知州文天祥和郢州（今湖北钟祥）守将张世杰起兵响应。

文天祥二十岁就中了状元，做了十几年的地方官，在任上广受好评，但因为得罪了贾似道而始终没能晋升。

这次朝廷下诏书要求各地勤王，文天祥把所有财产都用来招募军队，短短几个月时间就招募了三万人，准备赶去救援。有人劝他："元朝兵强马壮，您带着这些临时募集来的人去，不就是赶着羊群打老虎吗？肯定会失败的事，您又何必去做呢？"文天祥回答："我也知道这个道理，但国家养了这么多年兵，到了关键时刻居然没有人为国效力，太让人痛心了！我知道自己没什么力量，只求以死殉国，希望能感动天下的义士起来，这样人多力量大，才有打败侵略者的

希望。"

文天祥赶到临安后，被派到平江（今江苏苏州）驻守，当时元军已经渡过长江，分兵三路直扑临安，其中一路越过平江，攻打独松关（今浙江余杭）。右丞相陈宜中命令文天祥退守独松关，文天祥刚离开平江，独松关就失守了，想回去，平江也被攻占了。于是赶紧撤回临安，却看到朝廷里的大小官员纷纷逃跑，只剩下六个大臣了。

宋代第一忠臣文天祥像

1276年1月，谢太后见大势已去，决定投降。派陈宜中前去递降书，陈宜中害怕被扣留，半路偷偷跑了。谢太后没办法，只好任命文天祥为右丞相出城议和。文天祥到了元军大营后怒斥元军不顾道义，撕毁条约侵略南宋的罪行，并声称要坚持抵抗而被扣留。后来南宋又派了另一名官员来商量投降的事，文天祥气得把那个官员大骂了一顿。

文天祥在被押往大都的路上逃跑，历经千辛万苦才逃到南宋的地方。结果元军施了反间计，声称文天祥是元朝的间谍，是被派到南宋做内应的。文天祥因此饱受猜疑，还差点被自己人杀掉。但文天祥毫不气馁，仍然坚持自己的立场，终于打消了人们对他的怀疑。这个时候南宋已经投降，陆秀夫、张世杰等人拥立瑞宗为帝，继续在南方坚持抗元斗争。文天祥被任命为枢密使，都督各路人马，组织南方抗元义军。秋天的时候元军攻入福建，瑞宗等人被迫逃到海

厓山之战

公元 1279 年，张世杰和陆秀夫保护南宋最后一个皇帝，年仅六岁的赵昺逃到了厓山，在那里组织军队反抗元军。张弘范率领大军紧追不舍，在厓山和南宋军队展开决战。当时宋军有一千多艘战船，用绳子连起来，抵抗元军的冲击，张弘范封锁宋军和陆地的交通，导致宋军淡水不足，正当宋军饥渴的时候，元军发动猛攻，宋军拼死抵抗，双方相持不下。当天下午元军总攻开始，夺了宋军七条战船，一直杀到傍晚还不分胜负。就在这个时候，一些怕死的宋军投降了，他们的投降影响了军心，结果纷纷投降。陆秀夫见大势已去，害怕小皇帝落入敌手，于是背着小皇帝投水自尽。张世杰一直抵抗到最后一刻，最终船被浪打沉，张世杰落水牺牲，厓山战役以南宋的彻底失败而告终，元朝就此统一了中国。

上漂流。

1277 年，文天祥组织的义军已初具规模，他率领人马向江西进军，大败元军，鼓舞了各地抗元义军的士气，各地也纷纷起兵响应，形势开始对文天祥有利。但好景不长，元朝大将张弘范率领元军主力进攻文天祥总部，由于文天祥兵少，吃了败仗，被迫撤离，他的家人全部被敌人抓走。1278 年，文天祥撤到潮州，想凭借那里的地形屯兵存粮以东山再起，然而元军没有给他喘息的时间，年底对文天祥发动突然袭击，将其俘虏。

张弘范多次劝文天祥投降，文天祥都拒绝了。在厓山战役中，张弘范强迫文天祥观看战争场面，文天祥亲眼抗击元军的亲密战友张世杰英勇战死，陆秀夫背着小皇帝投水自尽，南宋最后一支抗元势力被消灭，悲痛万分。张弘范劝文天祥，现在他所效忠的王朝已经不存在了，所以还是投降的好。文天祥又一次拒绝了。

元军把文天祥押到大都关押起来，给他安排在最好的房间，摆上美味佳肴，又派了一批说客来劝降，但文天祥不为所动，元朝统治者很生气，把他关押在最脏的监狱里面，想用艰苦的生活磨掉他的志气。文天祥在里面一待就是三年，受尽了非人的折磨，但他仍然不动摇，他相信只要意志不消沉，再恶劣的环境也打不垮他。

公元1282年，河北爆发了一场起义，领导者号称是宋朝皇室后代，要打进大都救出文丞相。这下把元朝吓坏了，他们意识到文天祥的存在对于那些还没有放弃复国思想的人来说是个有力的号召，于是他们起了杀心。但忽必烈还没有丢掉劝降文天祥的幻想，他派人把文天祥带来，亲自劝降。但不管忽必烈怎么劝说，文天祥都只求一死，坚决不肯投降。忽必烈也很敬佩文天祥的气节，但也知道没有劝降的希望，只好下令将文天祥处死。

公元1283年1月，京城的老百姓听说文天祥将被处死，纷纷跑到刑场来为他送行，一下就聚集了一万多人。文天祥面不改色心不跳，他问百姓哪儿是南方，百姓指给他看了，他朝着南方恭恭敬敬地拜了几拜，然后坐下来，对刽子手说："我的事已经结束了。"文天祥牺牲时，在场的百姓都哭得说不出话来。

智慧启迪

我们的民族在几千年的历史发展中，经历过无数曲折和磨难，然而总能渡过难关，继续前进，所依赖的正是文天祥身上所体现出来的坚守气节、舍生取义的浩然之气。他那种为国家、民族而舍己的民族气节，已经成为我们民族精神的一笔财富，值得我们佩服和学习。

故事小·档案
● 时　间：公元 1405 年～1433 年
● 地　点：印度洋沿海
● 人　物：郑和
● 结　果：促进了中国与亚非许多国家的友好往来

郑和下西洋

明成祖夺取了侄子的皇位后一直很不放心，因为一直没有找到建文帝的尸体，他怀疑建文帝可能逃跑了。有的人说建文帝从地道里跑了，他担心建文帝如果还活着，对自己的皇位肯定是个很大的威胁，所以秘密派人寻找建文帝的下落。后来他又想，建文帝有可能逃到海外去了，那么干脆派人带领一支船队，下海去和其他国家往来一下，一方面宣扬一下大明国威，采购一些中国没有的奇珍异宝，另一方面顺便打听一下建文帝的下落，他觉得这是个好主意，于是就作了决定。

他派自己的心腹太监郑和担任船队的领袖，觉得这事交给郑和办很放心。郑和本名叫马三保，是回族人，小时候还和父亲去麦加朝拜过，他从小就听父亲说起过很多关于外国的事情，后来被送进宫里做了太监，由于他聪明能干，又很忠心，在明成祖争夺皇位的战争中立过大功，明成祖很信任他，给他改了个名字叫郑和，但民间习惯上还是叫他三保太监。这次出海的任务比较繁重，郑和心里大致上也有数了。

靖难之变

明太祖朱元璋的长子死得早，于是他立长子的儿子为皇太孙，即位后称为建文帝。建文帝生性比较懦弱，被后来的明成祖看不起，明成祖朱棣是朱元璋的四儿子，很有才干，被封为燕王。他认为自己最有资格即位，所以一心想谋反。当时建文帝身边的大臣看出朱棣的野心，建议把他除掉，但建文帝没什么主见，处理方式也有问题，于是被朱棣抓到把柄，以清除建文帝身边奸臣为由于公元 1399 年在北京起兵，一路南下。这一仗打了三年之久，最后燕王打败了建文帝的军队，进入了南京城，那时候皇宫已经燃起了熊熊大火，他赶紧下令把火扑灭，从废墟里没有找到建文帝的尸体，所以民间一直有传说建文帝从地道逃跑了。朱棣登上了皇位，就是明成祖。因为这次战争的借口是清除奸臣，所以就被称作"靖难之变"。

公元 1405 年 6 月，郑和率领船队下海，负责游历西洋地区，这里的西洋不是指欧洲，而是指我国南海以西的海域。郑和率领的船队十分庞大，有两万七千多人，分乘两百多艘大船，这种船在当时来说是最大的一种船，长四十四丈，宽十八丈，可以说是庞然大物了。船队从苏州刘家河出发，经过福建、广东沿海，继续南下。

郑和首次出海，途经占城（今越南南部）、爪哇、旧港（苏门答腊岛东南）、苏门答腊、马六甲、古里、锡兰等国。他每到一国，都会把明成祖的书信交给当地国王，表达友好来意，并送上珍贵的礼物。那些国王看到郑和带领那么庞大的船队，又不是用武力来威胁的，心里很高兴，再加上郑和态度谦恭，还送上那么多珍贵礼物，那些国王笑得嘴都合不拢了。他们也知道大明朝是个很强大的国家，都乐意和大明朝建立友好往来关系，对郑和也非常热情。

船队经过旧港的时候，当地有个海盗头子听说郑和船队带了大批宝物，很是眼红，于是策划要偷袭郑和船队。郑和知道这个消息后，

没把它放在心上，他认为自己带了两万多人，哪会怕一个小小海盗，于是并没有逃跑，而是设下埋伏，引海盗上钩。晚上的时候那个海盗果然带着手下人来偷袭了，结果遇到早有准备的明朝水军，被杀了个大败，那个贪心的海盗也被俘虏了。

这次出航一直到1407年9月才结束，郑和一行带回来很多珍贵的礼物，还有各国的使节。郑和向明成祖汇报了这次出海的情况，献上从国外采购来的宝贝，各国使节也纷纷向明成祖进贡特产，明成祖没有想到这次出航居然这么顺利，心里非常开心。

从此以后，明成祖时不时地就派郑和带领船队下海去，虽然他已经相信建文帝确实是死了，但他觉得派船队下海一方面可以加强和周边国家的友好往来，树立天朝上国的威严，提高国威声望，另一方面也确实能带回不少中原没有的宝贝。所以他不惜重金，一次次地派郑和下海，前后一共去了七次。郑和船队总共到过三十多个国家，最远到了非洲的东海岸。

在出海途中偶尔也能遇到一些不怀好意的国家，像有一年锡兰国王就贪图郑和船队里的财物，把郑和引诱进来，然后敲诈勒索，还派兵抢劫郑和的船队。郑和虽然是和平友好的使者，但也不会随便让人欺负，他听说敌人大部分士兵都不在城里，于是率领两千多人突然猛攻锡兰城，活捉了锡兰国王，又打败回来救援的军队。郑和把锡兰国王带回中国后，明成祖没有杀他，而是将他释放回国。

第六次出海回来的时候明成祖已经死了，不到一年时间，即位的明仁宗也死了，刚即位的明宣宗还很小，由祖母和几个大臣掌管朝政，他们认为郑和七次下西洋，花费实在太大，国家有点吃不消了，于是就停止了航海事业。

智慧启迪

郑和是中国历史上最早的航海家，他以个人的顽强意志充分展示了中华民族不畏艰险、百折不挠、自强不息的民族精神。在现实生活、学习中，我们不但要弘扬继承他的开拓创新、自强不息的精神，还要把这种精神当作我们源源不断的动力，从小处做起，不计个人得失，力争以后为国为民有所作为。

《郑和出海》

此图出自明刊本《三宝太监西洋记通俗演义》。

扫码获取更多资源

戚继光创造鸳鸯阵法

嘉靖皇帝统治时期，日本有一批由破产农民、失意武士和商人组成的海盗集团经常到中国沿海地区烧杀抢掠，他们和中国的海盗相勾结，把中国沿海很多城市抢得一干二净，由于其中多数是日本人，所以把他们称之为"倭寇"。

公元 1553 年，大批倭寇进犯我国沿海地区，接连抢掠了几十个城市，当地的军队和官僚根本没办法管，尤其那些军队，平时只知道欺负老百姓，等到倭寇一来，他们逃得比老百姓还快，根本就没办法抵抗倭寇的入侵。倭寇势力越来越大，很多沿海城市因为长期受他们烧杀，已经变得荒无人烟了。明朝的统治受到了严重威胁，在这种情况下，明朝政府把戚继光调到浙江，命令他负责剿灭倭寇。

戚继光出身军事世家，从小就喜欢学习兵法和武艺，十几岁就练得一身好武艺，十七岁的时候就加入了军队，在战斗中立下不少功劳，这次倭寇入侵，很多人都推荐他去，他也很高兴能为国效力，于是赶到了浙江。

他到了浙江后发现当地的军队军纪涣散，训练松弛，根本不能

打仗，于是他决定另外招募新兵，把原来的部队遣散，提高战斗力。当时浙江人被倭寇害得很惨，早就想杀倭寇报仇了，一听说戚继光在招兵打倭寇，大家都纷纷前来报名，很快这支新军就发展到了四千人。

戚继光严格训练这批新兵，平时还经常和他们谈话，教育他们要奋勇杀敌，为国为民尽忠。很快这些新兵就被他训练成为武艺高强、纪律严明的优秀士兵了。

戚继光根据江南水乡的特点，创造了一种叫作鸳鸯阵的新阵法。这种阵法以十二个步兵为一组，最前面一个人是队长，后面两个人拿盾牌，两人拿狼筅（用南方一种大竹子做的兵器），四个人在盾牌的掩护下拿长枪，再后面是拿火器的，最后一人是伙夫。这种阵形灵活多变，长短兵器之间相互配合，杀伤力强，在集团作战中威力很大。在日后对倭寇的作战中，这种阵形对取胜起了很大的作用。

《纪效新书》和《练兵实纪》

知识窗

《纪效新书》和《练兵实纪》是戚继光总结多年选兵、练兵及指挥打仗的经验后著述的杰出的军事理论著作，是后世兵家必读书目之一。《纪效新书》完成于嘉靖三十九年（1560年），全书总叙一卷，正文十八卷，约八万字，二百五十幅图，是戚继光在抗倭战争中练兵的经验总结。在书中，戚继光提出了自己的军事训练思想。一、"武艺不是答应官府的公事，是你来当兵防身立功、杀贼救命本身上贴骨的勾当"，强调士兵军事训练的自觉性。二、将领要带头参加军事训练。三、要按实战要求进行训练。四、要注意训练方法。《练兵实纪》完成于隆庆五年（1571年），全书正文九卷，杂集六卷，图六十幅，是戚继光抵御蒙古的经验总结，进一步发展了《纪效新书》的军事思想。

1561年，倭寇进犯台州，戚继光率领军队前往台州抵御倭寇，那些倭寇哪里是鸳鸯阵的对手，一会儿就被杀得大败，连败九仗，纷纷逃命，躲在船上不敢登陆。戚继光又用大炮轰击，倭寇只好乖乖投降，一共歼灭倭寇六千多人。这一战打出了明朝军队的威风，倭寇从此不敢再小看中国军队了。

戚继光的军队战斗力很强，有一次正要吃饭，饭菜刚做好，还没来得及吃，就听说有倭寇前来入侵了。戚继光马上下令出击，把那批倭寇杀得片甲不留，回来一看，饭菜还是热的呢。

倭寇见浙江有戚继光把守，是块他们啃不动的硬骨头，于是在第二年的时候撇开浙江，专门侵略福建去了。当时倭寇兵分两路，一路从温州进军，占据宁德，一路从广东登陆，在牛田驻扎下来，两路人马相互呼应，声势很大，福建的守军抵挡不住，向朝廷请求援兵。朝廷派戚继光前去支援，戚继光仔细研究了一下，决定先攻打宁德的倭寇。

宁德的倭寇很狡猾，他们的大营驻扎在宁德旁边的横屿岛上，那个岛四面环水，如果想步行到岛上去的话，一定会被陷在泥沙里，所以他们气焰很嚣张，认为即使是戚继光，也不能拿他们怎么样。

戚继光哪会被倭寇给难住？他侦察好岛周围的地形，探出一条并不深的水道，然后下令每个士兵带一捆干草，在潮落的时候用干草铺地，悄悄地潜入倭寇大营，发动突然袭击，那些倭寇根本就没想到戚继光会杀过来，经过一番激战，两千多倭寇全部被歼灭。戚继光得胜后没有骄傲，又马上带兵赶赴牛田，走到牛田附近的时候，他命令扎营休息。倭寇真以为戚继光确实累坏了，所以也放松了警惕心，结果戚继光在当天晚上发动突袭，一连攻破倭寇六十多个营寨，把他们全部消灭掉了。

就这样，沿海地区的倭寇逐渐被戚继光和其他爱国将领给肃清了，中国沿海地区的安全重新得到了保障，百姓的生活秩序得到了恢复。

智慧启迪

面对倭寇，明军可以说对它一无了解，尤其从战法上，所以，明军才连连吃败仗，并且倭寇也越来越猖獗。为保家卫国，保卫沿海居民，戚继光根据敌人的特点和自己的特点，创造性地制定了对敌方法，结果取得了胜利。戚继光的处事方法很值得我们借鉴，当我们在生活和学习上遇到问题时，就可以采取这种具体问题具体处理的方法，为自己的成长扫清障碍。

故事小·档案
- 时　　间：1566 年
- 地　　点：北京
- 人　　物：海瑞
- 结　　果：海瑞被革职打入天牢

海瑞罢官

　　海瑞是明朝有名的清官，他 1557 年担任浙江淳安知县，不畏强权，打击当地的恶霸，一心为百姓造福，革除了许多为害百姓的弊政，而且自己绝对不拿老百姓的一钱一物，穷得平时只能吃粗茶淡饭。有一次海瑞为给母亲过生日而买了两斤肉，第二天就被别人当新闻传诵，当时的浙江总督胡宗宪还对别人说，没想到海瑞居然会有钱买肉，真是天下奇闻。可见他为官清廉到了什么地步。

　　有一次胡宗宪的儿子经过淳安，住在驿站里，由于海瑞下过命令，不管是什么人，一律按普通客人的规格接待。可这位胡公子平时作威作福惯了，一看到端上来的饭菜都是些很平常的食物，以为有意怠慢，气得把桌子掀了，还把驿站的官员捆起来倒吊在房梁上。

　　海瑞一听这还了得，他也知道胡公子不好得罪，但又实在看不下去，于是假装镇静地说："总督大人为官清廉，他多次吩咐过，地方上招待官吏，不准铺张浪费。现在这个胡公子居然带头违反总督大人的命令，肯定不会是总督大人的公子，一定是坏人冒充来行骗的！"

知识窗

昏君嘉靖皇帝

嘉靖皇帝历史上又被称为明世宗，他是明武宗朱厚照的弟弟，于1521年即位，1566年去世，他在位的前二十多年还算贤明，政治上颁布了一些缓和社会矛盾的法令措施，处理政事也还算勤劳。但后期梦想长生不老，迷信道士，在宫里成天求神拜仙，渐渐地不理朝政了。他还宠幸像严嵩那样的大奸臣，把国家搞得乌烟瘴气的。后来在1566年因为服用那些道士给他制作的号称吃了可以成仙的金丹，导致汞中毒，医治无效而死去。

于是海瑞带了一群差役赶到驿站把胡公子和他的随从们抓了起来，胡公子勃然大怒，但海瑞一口咬定他是假冒的，还从他的行囊里搜出几千两银子，说总督大人那么清廉，他儿子身上怎么可能有这么多钱？所以一定是行骗得来的赃款，于是统统没收，又打了顿板子，撵了出去。胡宗宪听儿子哭诉心里很恼火，但海瑞是依法办事，他也只能吃这个哑巴亏了。从此海瑞不怕权贵的名声就传遍了大江南北。后来他因为得罪了朝廷派来的御史，被弹劾撤了职，不久又被起用。

后来海瑞被调到了京城，他看见当时的皇帝嘉靖昏庸无能，朝廷上下贪污腐败成风，非常痛心。当时嘉靖皇帝成天在宫里和道士鬼混，梦想长生不老，已经二十多年没有上过朝了。朝中很多大臣都不满，但没有人敢去提意见。海瑞可管不了那么多，虽然他官不大，但他还是递上去一道奏章，把当时明朝的腐败情况一一向皇帝汇报，还把这种情况的发生直接归结到皇帝身上。海瑞也知道自己这道奏章言语激烈，皇帝看了后肯定会大怒，自己可能活不了了，于是在回家的路上买了一副棺材抬回家里，把事情告诉了家里人，然后安排好自己的后事，把家里的仆人全部打发走，在家里静坐等

着随时有人来逮捕他。

果然不出海瑞所料，嘉靖看到这道奏章后气得暴跳如雷，把它扔在地上，对身边的侍从说："快去把海瑞抓来，别让那小子跑了！"

当时旁边有个太监听说过海瑞的名声，他对嘉靖说："这个人是出了名的呆子，他早就知道自己活不成了，听说棺材都买好了，所以他应该不会逃的。"嘉靖听了没说话，过了一会儿把奏章捡了起来，一天工夫读了好几遍，直叹气。他说："这个人和比干差不多，但我可不是纣王。"正好那段时间他生病，把大臣找来商量传皇位的事，他也提到海瑞讲的话确实有道理，但实在觉得被那样指责太没面子了，结果还是把海瑞抓了起来，罢了他的官，将他关入大牢。狱卒们知道海瑞是个清官，很敬佩他，所以给他好吃好喝的，伺候得挺好。海瑞以为自己马上就要被处死了，也就放下心来大吃大喝。

过了两个月，嘉靖死了，那些狱卒拿了酒菜去看海瑞，恭喜他不久就要出狱了。海瑞边吃边问是怎么回事，狱卒告诉他嘉靖死了，新皇帝肯定会把他放出去的。海瑞一听到这话，马上把吃的东西都吐了出来，放声大哭，虽然皇帝是个昏君，但海瑞还是很尊敬他的。

海瑞被放出来之后受到了提拔，先后担任了多个重要职务。晚年的时候他因为得罪了权贵，被革职查办，后来又被起用，1587年病逝于南京。死后家里穷得连丧事都办不起，他的同僚去他家探望，见身为当朝二品官的海瑞死后只留下十几两银子，不禁感动得泪如雨下，于是在官员中发起募捐，才算给海瑞办完了丧事。

智慧启迪

　　海瑞不畏权贵，刚直不阿，历来是老百姓心目中好官的形象。像海瑞这样既清廉又有才干和胆量的官员在封建社会确实少之又少，所以他的事迹才得以被人们一直传颂。通过海瑞的事迹，小朋友们一定要明白这样一个道理，只有堂堂正正做人，光明磊落做事，才会赢得别人的尊重和爱戴。

故事小·档案

- 时　　间：1669 年
- 地　　点：北京皇宫
- 人　　物：康熙、鳌拜
- 结　　果：除掉了鳌拜，康熙得以掌握权力

少年康熙除鳌拜

公元 1661 年，顺治皇帝去世，他年仅八岁的儿子玄烨即位，改年号为康熙，历史上把他称为康熙皇帝。由于康熙皇帝年幼，顺治临终时任命索尼、遏必隆、苏克萨哈和鳌拜四人为辅政大臣。

这四个人当中索尼年老多病，基本上不管事，遏必隆生性懦弱，苏克萨哈是多尔衮的旧部下，很多人对他不满，所以鳌拜虽然排在最后一位，但他的权力最大，谁要是和他作对，必然被他排挤陷害，其他三个辅政大臣里只有苏克萨哈敢持和鳌拜不同的意见。所以鳌拜很恨他，一直想把苏克萨哈除掉。

当初满清入关的时候，曾强占了农民的土地分给满族贵族，鳌拜掌权后，不光继续圈占土地，而且由于他是镶黄旗人，所以还用镶黄旗的差地强换别的旗的好地，引起朝中上下一致不满。有几个正直的大臣为此事和鳌拜发生过争执，结果被鳌拜捏造罪名杀掉了。

康熙十四岁的时候，已经可以处理政事了，但鳌拜还是不肯把权力交出来。这个时候苏克萨哈为这事和鳌拜发生争执，鳌拜大怒，指使同党诬陷苏克萨哈谋反，要康熙下令把他处死。康熙知道苏克

萨哈没有罪，于是没有采纳鳌拜的建议。鳌拜居然冲到康熙跟前，挥动拳头大吵大嚷，康熙又是害怕又是生气，他知道鳌拜势力很大，目前还不能和他作对，只好忍痛把苏克萨哈杀了。这样，鳌拜铲除了政敌，朝廷大权被他一人独揽，连康熙都不放在眼里了。

满洲八旗

知识窗

努尔哈赤统一满洲后，把满族分成八个旗，分别是正红、正蓝、正黄、正白、镶红、镶蓝、镶白、镶黄，每个旗都有自己的旗主，皇帝死了后由八旗旗主从皇帝的儿子里推选出下一任皇帝，但满清入关后就取消了这个规定。八旗内部也有等级高低之分，皇帝自己亲领的正黄、镶黄和正白旗被称为上三旗，地位较高，和其他旗相比较有不少优惠待遇。旗人的旗籍是可以变的，通常有功的旗人往往可以从下五旗升到上三旗里，比如慈禧本来是镶蓝旗人，当上皇太后之后就把娘家升到镶黄旗了。

还有一次康熙听说鳌拜病了，他没有事先通知就带着侍卫去鳌拜家探望去了。其实鳌拜并没有病，他正在家和几个同党喝酒作乐呢。突然听说皇帝来了，吓得赶紧脱了衣服躺在床上装病。康熙来到鳌拜卧室，见鳌拜神色慌张，知道他是装病，但没有说穿。康熙身边一个侍卫发现鳌拜的右手放在枕头下面，赶紧冲上前去抓住鳌拜的手往外一拔，结果那手上握着一把一尺来长的宝刀。康熙顿时吓了一跳，当时气氛非常紧张，康熙意识到是在鳌拜家里，万一他要狗急跳墙吃亏的还是自己，于是装作若无其事地说："刀不离身是我们满人的传统，鳌少保没有忘本，很好，很好！"这才掩饰过去，回宫后康熙才发现自己的内衣全被汗水打湿了。

从此以后，康熙下了决心要除掉鳌拜。但是鳌拜权力很大，而且武艺高强，万一激怒了他，自己身边的侍卫还真打不过他，康熙

很苦恼。有一天他看见一群侍卫在那玩布库（满族的一种摔跤游戏），灵机一动，想出个好办法。

他物色了一批十几岁的贵族子弟到宫里面，天天练习布库，康熙也经常和他们一起玩。鳌拜每次进宫看见那些少年吵吵嚷嚷地玩布库，以为小皇帝贪玩，也没往心里去。

康熙见那些少年的摔跤本事已经练得差不多了，于是把他们召集起来，问他们："你们是怕我呢，还是怕鳌拜？"

那些少年纷纷大声说道："鳌拜有什么可怕的，我们当然怕皇上了！"

康熙说："既然你们怕我，那就听我的吩咐，现在鳌拜是一天比一天专横跋扈，我担心有一天他会谋反，但是鳌拜势力太大，贸然夺取他的权力只怕会引起动乱。所以我想让你们找机会把他擒住，怎么样？"

那些少年初生牛犊不怕虎，一个个摩拳擦掌，主动请求除鳌拜。于是，康熙做好了周密安排。

公元1669年的一天，康熙召鳌拜进宫议事，鳌拜没有怀疑什么，和平时一样进宫了。到了上书房，康熙命人拿了一把椅子给鳌拜坐，又端上一碗茶。鳌拜伸手去接，谁知道那茶碗非常烫，一松手就掉地上摔碎了，站在鳌拜后面的侍卫把椅子给推倒，然后早已埋伏好的少年们冲上来死死抱住鳌拜。鳌拜虽然是武将出身，力大无穷，但那些少年都是摔跤高手，人也多，很快就把鳌拜死死按在地上不能动了，鳌拜拼命呼救也没有人理他。就这样，鳌拜被抓了起来关进了大牢。

康熙命令大臣揭发鳌拜的罪状，前前后后整理出鳌拜的二十条

大罪，很多大臣都建议康熙杀掉鳌拜。但康熙觉得鳌拜毕竟立过很多功劳，又是顺治留下的辅政大臣，三朝元老，不忍心杀他，只是把他革职查办就算了。

就这样，少年康熙皇帝用自己的聪明智慧巧妙地除掉了鳌拜，收回了大权，从此他励精图治，平三藩、收台湾、征蒙古、击沙俄，建立了许多丰功伟业，成为中国历史上最英明的皇帝之一。

智慧启迪

自古剪除权臣，对于每一个皇帝来说都是一件不容易的事情，更何况是只有十几岁的少年康熙。少年康熙机智勇敢、智慧过人、部署严密、思虑周全，先终日和一班少年嬉戏，成功地麻痹了一贯老谋深算的对手鳌拜，且善于抓住时机，邀约鳌拜进宫乘机将其软禁，终于为大清除了一大隐患，保住了江山。这告诉我们，在遇到危险时，既要勇敢机智，又要沉着镇静，动脑筋，想计谋，不要不顾后果地蛮干。

故事小·档案

● 时　　间：1860 年
● 地　　点：北京圆明园
● 人　　物：英法联军
● 结　　果：圆明园被洗劫一空，最后被一把火烧掉了

火烧圆明园

　　1854 年，英国借口《望厦条约》中有十二年可以修约的条款，而且享受片面最惠国待遇，于是要求修改《南京条约》以获取更多的利益，清政府拒绝了这个要求。当时英国就想对中国使用武力，但忙于克里米亚战争，所以暂时搁置了下来。1856 年，美国要求修改《望厦条约》，得到英法两国的支持，但遭到清政府拒绝，于是英国决定出兵中国。

　　1856 年，英国制造了"亚罗号事件"，"亚罗号"是一艘中国船，为了方便走私鸦片，船长在香港办的执照，后来"亚罗号"因为走私鸦片被中国水师查获并逮捕了十二名船员。当时那船的执照已经过期了，所以根本和英国就没有任何关系，纯属中国内政。但英国驻广州领事巴夏礼强词夺理，非说"亚罗号"是英国船，要求中国释放人犯并道歉，并以此为借口派遣舰队挑起了战争。

　　英国率先向广州发起进攻，一度占领了广州城，后来被爱国官兵击退。1857 年春，英国派额尔金率领一支海陆联军增援，并邀请法国政府参战。

当时在中国云南有个叫马赖的法国神甫在传教，马赖是个宗教流氓，仗着法国的势力在当地横行霸道，还纵容教徒抢劫，当地政府根据中国法律将其处死。法国政府抓住这件事大肆宣传，认为这是中国在迫害基督教徒，在向法国挑衅，

《南京条约》 知识窗

《南京条约》是中国近代史上第一部与外国侵略者签订的丧权辱国的不平等条约。1842年8月29日，中国谈判代表耆英、伊里布和英国代表璞鼎查在南京签订了《南京条约》。由于中国在鸦片战争中战败，所以被迫接受了许多丧权辱国的条款，比如开放五个通商口岸，允许英国派驻领事，赔偿英国两千一百万元损失，割让香港岛给英国等等，还剥夺了中国政府惩治在中国境内犯罪的英国人和被英国人雇佣的中国人的权利，严重损害了中国的主权和领土完整，是典型的强盗条约。《南京条约》签订后，其他资本主义国家望风而动，趁火打劫，纷纷强迫中国政府和他们签订不平等条约，中国从此开始沦为半殖民地半封建国家。

于是就以这件事为借口向中国宣战。接到英国的邀请后，法国政府马上同意出兵，派葛罗率领军队与英军在香港会师，并对广州政府施加压力，扬言要炮轰广州城，12月29日，广州失陷。英、法、俄、美四国公使照会中国政府，要求谈判，美国和俄国装模作样地调解，实际上是想趁火打劫。中国政府没能准确判断形势，导致一方面不清楚英法的下一步动态，另一方面又指望美俄两国调解，所以没能做好战争准备。

1858年5月20日，英法联军炮轰天津大沽炮台，遭到爱国官兵的奋勇抵抗，死伤一百多人。但由于清军指挥官临阵脱逃，后方的援军又没能及时支援，导致孤军奋战，最终大沽炮台全部失守。英法联军扬言要进攻北京，清朝统治者没有办法，只好派人前去议和。

6月，清政府与英法两国签订了《天津条约》，开放了几个通商口岸，并允许外国公使进驻北京，并同意赔款。

1859年，英法两国公使进京换约，清政府让他们在北塘登陆进京，遭到拒绝。并且他们还要求清政府拆除白河防御工事，并带兵入京，清政府拒绝了这个无理要求。

6月，英法联军再次袭击大沽炮台，这次清军做了充分的准备，打败了来犯的敌人。英法政府很愤怒，于是重新派遣了二万五千人的军队向中国杀来。

1860年，侵略军占领天津，清政府要求议和，没有得到答复，联军逼近通州，并提出非常苛刻的要求，不久在八里桥歼灭清军主力，咸丰皇帝带领大臣逃到了热河。

10月6日，英法联军进攻北京，并闯入了圆明园。

圆明园本来是康熙皇帝赐给雍正的一处花园，后来经过多次整修，成为北京最大的园林区，风景优美，里面收藏了无数珍宝，是历代清朝皇帝休闲和日常理政的场所。侵略者早已对圆明园里面的财宝垂涎三尺，这次占领了圆明园，首先就展开了一场浩劫。

英法联军在圆明园里大肆抢劫，见到什么都抢，太大了拿不动的东西就砸掉，无数珍贵的文物就这样被毁掉了。每个闯进去的士兵和军官腰包里都塞得满满的。厚颜无耻的侵略者在洗劫完之后还举办拍卖会，把赃物公开拍卖掉。这些强盗足足抢了两天两夜才离开。

10月11日，英军又派遣了一千二百名骑兵和一个步兵团开入圆明园，重新洗劫了一次。为了掩盖罪行，英国代表以清政府曾将英国外交官巴夏礼等人囚禁在圆明园为借口，要求以焚毁圆明园作为和谈的条件之一。于是10月18日，三千五百名英军冲进圆明园，四处放火，大火烧了三天三夜才熄灭，这座被欧洲人称为"东方艺术宝库"、"世界奇迹"的圆明园就这样被焚毁了。

10月13日，北京全部陷落，清政府被迫签订了《北京条约》，作为受害者，清政府反而还要交付大量赔款，而且丧失了更多的国家主权。

智慧启迪

近代中国的历史是一部屈辱史，腐败无能的清政府面对西方列强的侵略束手无策，只能一次次遭受侵略，签订一个又一个丧权辱国的卖国条约。国家弱小就必然遭受屈辱，面对强国的侵略除了忍气吞声之外，别无他法。弱国的人民也只能被强国所欺负。国强民才富，国弱必然民贫，国家的生死存亡是和人民的利益息息相关的，所以，我们在反对一切暴行的同时，更要努力把中国建设成为繁荣富强的国家。今天，我们努力学习，就是为明天的祖国做贡献。

故事小·档案

- 时　　间：19 世纪末 20 世纪初
- 地　　点：中国东南地区
- 人　　物：孙中山
- 结　　果：推翻了清政府的统治

孙中山救国

1866 年 11 月 12 日，广东省香山县（今中山县）一个普通农民家庭里诞生了一个男孩，取名孙文，字德明。他就是日后受千万人敬仰的国父孙中山先生。

孙中山从小就很爱读书，富有反抗精神，他最爱听太平天国的故事，立志要成为洪秀全那样的英雄人物。十二岁那年，他去投奔在檀香山的哥哥，后来又去香港、广州等地念书，接受了资产阶级教育，资产阶级革命家们的事迹对他触动很大，他决心要效仿他们，把中国建设成一个富强的国家。后来孙中山在香港西医学院学医，成绩优异，但他的志向并不是成为医生，他是想成为拯救中国的人，治疗这个被腐败侵蚀了肌体的国家。

1894 年，中国兴起了一股维新思潮，孙中山也深受影响。他来到天津，上书给当时的权臣李鸿章，提出了自己的救国改良建议，但遭到冷遇。过了不久，中日甲午战争爆发，腐朽的清政府只知道卖国，军队战斗力极差，被日本打得大败，被迫妥协投降，签订了《马关条约》。这次失败刺激了无数有血性有志气的中国人，也让孙中山看透了清政府的腐朽无能，放弃了对清政府的幻想。

同年10月，孙中山回到檀香山，联系当地的爱国华侨，组织了中国最早的民主革命团体——兴中会，会上，孙中山第一次提出了推翻封建统治，建立资产阶级民主共和国的思想，成为当时中国民主革命的纲领。兴中会一成立就把武装斗争放在第一位。

孙中山像

1895年，孙中山和陆皓东等人谋划在广州发动起义，结果消息泄露了出去，清政府派兵包围了革命机关，孙中山侥幸逃脱，陆皓东被捕牺牲。第一次起义还没发动就失败了，孙中山被清政府通缉，只好流亡日本，在日本横滨成立了兴中会的分会。

1905年，孙中山见各个民主革命团体组织涣散，良莠不齐，于是倡导成立一个资产阶级革命联合团体，在日本东京召开大会，以兴中会、华兴会等革命团体为基础，成立了中国同盟会。这是中国第一个全国性的资产阶级革命政党，孙中山在同盟会机关报《民报》发刊词中第一次提出了三民主义，有力地促进了中国革命的发展。

1911年10月10日，湖北武昌爆发了武昌起义，各地纷纷响应，

孙中山听到这个消息后马上回国，于 12 月被十七省代表推选为中华民国临时大总统，1912 年 1 月 1 日在南京宣布就职，组成了中华民国临时政府。1912 年 2 月，清朝末代皇帝宣统退位，3 月 11 日，中国第一部带有资产阶级共和国宪法性质的文件《中华民国临时约法》颁布。

为了保护革命果实，减少革命成功的阻力，孙中山被迫辞去临时大总统职位，将其让给袁世凯。在接下来的一年里，孙中山虽然没有实权，但他在就任全国铁路督办一职期间，努力引进外资，并实地考察，想多修几条铁路，为中国建设多出力。可惜袁世凯只是表面上敷衍他，并没打算真的要建设中国。

1913 年宋教仁被袁世凯派人刺杀，孙中山看破了袁世凯的真面目，他发动二次革命武力讨伐袁世凯，失败后去了日本。

1915 年，袁世凯复辟失败，孙中山回国继续为共和而斗争。次年因为北洋军阀废除《临时约法》而联合西南军阀成立军政府，孙中山就任大元帅，向北方军阀宣战，进行护法战争。但西南军阀只是利用孙中山的名

知识窗

《建国方略》

《建国方略》是孙中山所作的《孙文学说》、《实业计划》、《民权初步》三书的合称。其中，《孙文学说》是对孙中山"知难行易"的唯物主义认识论的全面阐述，属全书的"心理建设"；《实业计划》则是孙中山为把中国建设成一个全面的资产阶级共和国而作的规划蓝图，属全书的"物质建设"；《民权初步》则全面论述了有关孙中山的民主政治建设的思想，属全书的"社会建设"。《建国方略》是孙中山思想的全面体现，它后来成为国民党的基本原则和指导思想，也是孙中山构建的资产阶级共和国的蓝图，是他一生为之追求的理想目标。

望来争权夺利，孙中山看穿了他们的意图，于是辞去大元帅职务，决定要建立自己的军队。他先是扶持陈炯明，让他建立军队，但陈炯明不久被帝国主义收买，背叛了孙中山。孙中山无奈之下，接受了共产国际和中国共产党的帮助，让他们帮自己改组国民党，实现了国共两党的第一次合作。

1925 年 3 月 12 日，孙中山因患肝癌，医治无效，在北京逝世。他把一生都献给了中国的革命事业，建立了不可磨灭的功勋，是中国近代最伟大的资产阶级革命家，他的一生无愧于"国父"的称号。

智慧启迪

富勒曾说："伟大的志向成就伟大的人。"这句名言告诉我们，伟大的志向是一个人成大事的前提。大凡取得成就的人，都会首先拥有远大的理想和高远的志向，然后再不畏艰难地向着宏伟的目标一步步前进，即使遇到再多的挫折也不回头。孙中山就是这样，他的远大志向就是救国救民，所以他才穷尽毕生的精力为实现自己的志向而不懈地追求。

天下为公 孙文 陈菖先生梦

故事小·档案

● 时　　间：1936年
● 地　　点：西安
● 人　　物：张学良、杨虎城、蒋介石
● 结　　果：蒋介石同意抗日，建立了抗日救国统一战线

西安事变

1931年日本出兵占领了我国东北地区，当时国民政府领袖蒋介石为了消灭共产党的军队，对日本的侵略行径一直退让妥协。而日本侵略者的气焰却越来越嚣张，1935年日本煽动华北地区的汉奸搞"华北自治运动"，实际上就是为了把华北地区也纳入日本版图。广大爱国人士走上街头游行示威，最终让日本的春秋大梦破了产。

在中华民族生死存亡的关头，蒋介石仍然顽固地坚持他的"攘外必先安内"的政策，他派张学良前往西安剿共。

张学良手下的东北军是军阀里面最骁勇善战的，但和红军一交战却连吃败仗，一连被歼灭了好几个师。而红军则对他们展开了政治攻势，打仗的时候高呼"东北军打回老家去"、"中国人不打中国人"等口号，勾起了东北军的思乡之情。其实东北军内部早就对蒋介石不满了，也难怪他们，好好的家乡没放一枪就送给小日本了，侵略者不能打，却跑来打中国人，要是死在和小日本打仗的战场上倒也罢了，死在打中国人的战场上实在窝囊！其实张学良心里又何尝不是这样想的呢？当初从东北撤军，他替蒋介石背了不少骂名，

都说他没用，把好好一个东北送给了小日本。张学良向来以大局为重，自己的名誉倒算不了什么，可敌人都打到自己眼皮底下了，为什么还要来打共产党？张学良也想不通。

当时共产党一直号召团结一切可以团结的力量抗日，他们了解到张学良的想法，于是派人和张学良接触，劝说他抗日。张学良心动了，他多次劝说蒋介石联共抗日，但都遭到了拒绝。蒋介石见张学良剿共不得力，很生气，于是亲自赶到西安敦促张学良和十七路军军长杨虎城，逼他们把全部队伍拉到剿共前线。

12月7日，张学良和杨虎城赶到蒋介石住的华清池，劝说他抗日，两人边说边哭，但仍然没有打动蒋介石。12月11日，西安各校学生上街游行，要求抗日。张学良亲自赶到游行现场，苦口婆心地劝学生们回学校上课，他保证一定给他们一个满意的答复。这个时候，张学良下了兵谏的决心。

12月12日清晨，张学良和杨虎城发动兵变，带领军队直扑蒋介石下榻的华清池。蒋介石从睡梦中惊醒，以为是来杀他的，吓得鞋都来不及穿就跳

知识窗

九一八事变

1931年9月18日，日本军队派人偷偷炸毁沈阳城外柳条湖附近的一段铁路，并扔下两具穿着东北军制服的尸体，诬蔑是东北军所为，日军以此为借口突然向沈阳北大营的中国军队发动攻击。当时蒋介石下令不准抵抗，否则即使获胜也要枪毙，所以东北军没有还击，而是撤走了。第二天日军就占领了沈阳城，并继续向东北其他城市进攻。而蒋介石生怕惹怒日本人，从而妨碍他追剿共产党和清除国民党内部的反对力量，所以下令东北军全部撤回关内。短短四个月时间，日本不费一枪一弹便占领了东三省，三千万东北人民从此沦为亡国奴，东北地区被日本霸占长达十四年之久。这就是震惊中外的"九一八事变"。

窗逃跑，结果摔伤了脚。他一瘸一拐地逃到后山上的一个山洞里，想侥幸逃过一劫。结果还是被士兵们发现，他死也不出来，士兵们吓唬他，说再不出来就往里面扔手榴弹，这下蒋介石才灰溜溜地出来了。

蒋介石被带到了张学良和杨虎城跟前，两人表示并不是要杀他，而是要他停止剿共计划，把军队拉到前线去抗日。蒋介石拒不回答，于是被扣留起来。

南京方面得到这个消息后一片混乱，亲日派何应钦等人极力主张轰炸西安，用武力惩罚张学良和杨虎城二人。其实他们是想顺便把蒋介石也干掉，他们好掌握大权。宋美龄极力反对，她主张和平解决，并与张学良联系，商量和平解决的办法。

共产党方面也派出了周恩来等人劝说张学良，主张和平解决，只要蒋介石答应抗日，就可以释放他。南京方面派出宋美龄等人赶往西安谈判，经过几天的谈判，宋美龄答应停止剿共，三个月内发动抗日。24 日晚上，周恩来会见蒋介石，向他说明了共产党的抗日政策，蒋介石答应以后绝不发动反共战争。

25 日，张学良决定释放蒋介石，并亲自陪同蒋介石乘飞机回南京，一下飞机他就被蒋介石扣留，从此软禁了起来，再也没有恢复军权，一直到他死，也没有回过东北。西安局势因此发生变化，周恩来做了大量工作，好不容易才把局面稳定下来。而蒋介石也没有食言，最终还是答应了抗日。但他借机收编了东北军和十七路军，并将杨虎城囚禁起来，1949 年 9 月 17 日在重庆歌乐山将他杀害。

西安事变是国共关系的转折点，西安事变和平解决后，内战基本停止，为建立抗日民族统一战线奠定了基础。

智慧启迪

西安事变的和平解决充分说明在当时的历史条件下，只有一致对外才能救中华民族于水火之中。通过这一事件，我们不但可以看出张学良、杨虎城的爱国情怀，他们置个人利益于不顾，以民族大义为重，体现了强烈的民族精神和爱国精神。除此之外，我们还可以看出，中华民族是一个团结的民族，有着巨大的凝聚力，这是最值得我们骄傲和自豪的，这种民族团结的优良传统也是最值得我们发扬光大的。

西安事变前夕的张学良（左）和杨虎城

● 时　　间：1940 年
● 地　　点：湖北枣宜地区
● 人　　物：张自忠
● 结　　果：张自忠将军壮烈殉国

名将张自忠

　　1937年抗日战争爆发，日寇大举入侵，国民政府组织军队抵抗，虽然连战连败，但还是涌现出了一大批优秀爱国将领，张自忠将军就是其中的佼佼者。

　　张自忠是山东省临清市唐元村人，二十三岁那年参军，一九一七年在冯玉祥部队效力，中原大战后被蒋介石收编，历任二十九军三十八师师长、五十九军军长、三十三集团军总司令等高级职务，还兼任过察哈尔省主席和天津市市长等职，是一位文武双全的高级将领。

　　抗日战争爆发后，张自忠爱国心切，毅然率领部队投入抗日前线，任第五战区右翼兵团司令。在台儿庄大战中，他奉命增援驻守临沂的庞炳勋第三军团。张自忠和庞炳勋一直有矛盾，但他以国家利益为重，接到命令后马上率领五十九军日夜兼程赶往临沂增援，一天竟然走了一百八十里路，赶到临沂后立刻和第三军团协同作战，抵挡住了日军坦克大炮的攻击，与敌人展开肉搏，几天共杀敌四千多，为台儿庄战役的胜利提供了条件。

张自忠将军对纪律要求非常严格，当年率军支援台儿庄的时候，他有几个部下抢了老百姓的伞，结果被当场就地枪决。最感人的是，他的警卫连长因为破坏军纪被他下令枪毙，但执刑的士兵没有打中要害，警卫连长养好伤后赶回了部队。当时许多人都建议张将军放他一条生路，让他戴罪立功。但张自忠将军坚决反对，再次下令将警卫连长枪决。那个警卫连长以前在张将军遭遇刺客的时候救过他的命，后来随张将军南征北战，立过不少功劳，张将军一直把他当亲兄弟看待。但为了严肃军纪，张将军还是大义灭亲，挥泪杀了他。

1940 年 5 月，日军调集十五万人马发动了枣宜会战，张自忠率部防守襄河以西，根本不用面对日军的攻击。但当听到日军已经突破第一道防线，进攻襄阳的消息后，他马上率领预备七十四师和特务营渡过襄河，赶赴前线对日作战。临行前张自忠留下遗书，表达了自己决心抗日到底，宁可战死沙场也要报效国家的决心。

台儿庄战役

知识窗

日本侵略军占领南京和济南后，为了打通南北战场，决定从南京和济南两路进军，攻打徐州。台儿庄是徐州的门户，所以中国军队在台儿庄布置了严密的防线。1938 年 3 月 24 日，日军向台儿庄发起进攻，与第二集团军三十一师展开激战。由于中国军队装备落后，27 日被日军突破北门，三十一师与日军展开拉锯战。第五战区司令长官李宗仁下令死守，并令汤恩伯率部南下支援。31 日，我军将日军包围，4 月 3 日，中国军队发起反攻，日军负隅顽抗，双方陷入苦战。中国军队发扬不怕死的精神向日军发起了潮水般的攻势，7 日全歼敌军。台儿庄战役共歼灭日军一万多人，是抗战以来中国军队正面战场上的第一次大胜仗，极大地鼓舞了中国军民的士气，给投降派一记响亮的耳光，也极大地打击了日本的嚣张气焰。

张自忠率部在枣阳附近阻击日军，激战九天九夜，杀得日军叫苦连天。日军集中优势兵力对张将军部队实施合围，由于敌众我寡，张将军被迫率部撤退到南瓜店一带，在该地设下防线，以牵制日军主力。日军像疯狗一样在飞机大炮的掩护下往前冲，张将军一步也不后退，激战中张将军左臂被流弹击伤，部下见长官负伤，上来给他包扎，并建议他先撤到安全的地方，张将军把绷带扔在地上，大吼："撤什么撤！杀鬼子要紧！"部下都感动得热泪盈眶。日军越来越多，张自忠将军仍然不肯撤退，在激战中张将军身中七弹，弥留之际还在激励部下奋勇杀敌，由于伤势过重，最终壮烈牺牲。

噩耗传到重庆后，蒋介石下了死命令，不惜一切代价将张将军遗体夺回，继任五十九军军长的黄维纲率部与日军血战，好不容易在方家集找到张将军坟墓，将遗体夺回运往重庆。蒋介石率领全体军政委员前往迎接并举行了国葬，无数人放声痛哭。张将军的部下们在日后与日寇的较量中唱着"海可枯，石可烂，死也忘不了南瓜店"的军歌奋勇杀敌。8月15日，延安军民为张将军举行追悼会，毛泽东亲自为张将军题词"尽忠报国"，周恩来、朱德等共产党领导人也送了挽联。1941年5月，张将军的部下在湖北当阳将当年围攻张将军的日军指挥官横山武彦打死，为张将军报了血海深仇，大快人心！

智慧启迪

尽忠报国，是每一个炎黄子孙的责任，对待来犯之敌，每一个中国人都应该像张自忠将军那样，忠诚爱国，不畏强暴，置生死于度外，前仆后继，奋勇杀敌。只有这样，我们中国才能保持独立，中国人才不会再在侵略者的铁蹄下呻吟，才能过上幸福生活。

故事小·档案

● 时　　间：公元前 12 ～ 13 世纪
● 地　　点：特洛伊
● 人　　物：俄底修斯等希腊英雄
● 结　　果：希腊凭借木马计攻陷了特洛伊

特洛伊木马

　　传说有一天，特洛伊王子帕里斯奉命出使斯巴达。当时斯巴达国王不在，王后海伦接待了他。海伦是当时世界上最漂亮的女人，帕里斯顿时爱上了她，于是把海伦抢走了。斯巴达国王回来知道妻子被抢走后大怒，因为当初希腊各国国王都发过誓，要誓死保卫海伦夫妇俩，所以大家都愿意出兵讨伐特洛伊。希腊联军一共出动了十万军队和一千条战船，推举迈锡尼国王阿伽门农为主帅，浩浩荡荡地向特洛伊进发了。

　　联军很容易就打到了特洛伊城下，但是特洛伊是传说中神建造的城市，非常坚固，联军整整攻了十年也没能攻下来。

　　战争进入到第十年，双方都死伤惨重，希腊联军第一猛将阿喀琉斯和主帅阿伽门农发生矛盾，一怒之下退出战争。特洛伊人听说阿喀琉斯罢战非常高兴，迅速组织攻击。特洛伊王子赫克托耳勇猛无比，无人能挡，希腊联军死伤惨重，眼看就要被击溃了。阿伽门农后悔得罪了阿喀琉斯，派人向他道歉，但阿喀琉斯拒绝接受。他最好的朋友帕特罗克洛斯见形势危急，于是借走了阿喀琉斯的盔甲冒充他去和特洛伊人交战，不幸被赫克托耳杀死。阿喀琉斯听到朋友阵亡的消息后悲痛欲绝，很后悔自己因为意气之争而退出战争，于是重返战场为友报仇。他和赫克托耳大战了一天，终于杀死了赫克托耳，差一点攻进了特洛伊城。不幸的是没过多久，阿喀琉斯就被冷箭射死，而另一员猛将大埃阿斯因为在阿喀琉斯的葬礼上没能拿到阿喀琉斯的盔甲和武器，一气之下发了疯，没多久也死了。希腊人好不容易得到的优势又没了。

希腊联军里最聪明的人是俄底修斯，他看到这种情况很是担心，于是便想出了一条妙计，他把这计谋和大家一说，大家都拍手叫绝。

过了几天，特洛伊人发现希腊人一个个都坐上船走了，岸上只

帕里斯的苹果

知识窗

帕里斯本来是特洛伊的王子，但他母亲怀着他的时候，有人预言他会毁灭特洛伊城，于是他生下来以后就被扔掉了，一个好心的牧羊人收养了他。后来天后赫拉、智慧女神雅典娜和爱神阿佛罗狄忒为了争夺一个号称是只有最美的女人才能拥有的金苹果而吵个没完，后来她们决定找一个普通人来评判。于是她们找到了帕里斯，为了让他把金苹果给自己，三个女神都贿赂他。赫拉答应让他成为最伟大的国王，雅典娜许诺让他成为最有智慧的人，而阿佛罗狄忒则告诉他她会让最美丽的女人做他的妻子。帕里斯考虑了很久，最后还是觉得娶最美的女人最好，于是爱神得到了金苹果。帕里斯后来回到了特洛伊，恢复了王子的身份，在出使斯巴达的时候，他被海伦的美貌所折服，于是在爱神的帮助下拐走了海伦，引发了特洛伊战争。而海伦的美丽确实是罕见的，据说攻下特洛伊后，很多人很恨海伦，认为是她害得大家背井离乡来打仗的，但一见到海伦后却纷纷说："为了这么美丽的女人，即使再打十年仗也心甘情愿！"

留下了一个巨大的木马。他们很高兴，认为战争终于结束了，他们又可以过和平的生活了。但是那木马让他们觉得很奇怪，于是派了几个人前去打探。

他们到了木马那儿，发现木马下面还有一个人，那个人耳朵都被割掉了，躺在木马下面呻吟。他们把那人带回了城，审问他到底是怎么回事。

那人自称叫西农，因为犯了罪而被割掉了耳朵，希腊人对攻下特洛伊城失去了信心，于是撤军回家了，只把他一个人留了下来，让他自生自灭。

特洛伊人问他那个大木马是怎么回事。西农回答道："那是希腊人为了祈求回去的路上一路平安而献给神的礼物，如果能把它拖进城的话，这座城市就能永远繁荣下去。"

特洛伊人相信了西农的话，于是决定要把木马拖进城。有个预言家却反对，他认为这是希腊人设下的圈套，所以绝对不能把木马弄进城。但他又拿不出什么证据，所以没有人相信他的话。于是特洛伊人就去搬木马去了，由于木马非常高大，城门太矮了，根本过不去，于是特洛伊人把城门拆毁，才把木马给拖进了城。

其实木马确实是希腊人设下的圈套，那木马是空心的，肚子上有个小门，整个木马里面藏了二十来个希腊最勇敢的战士，而西农则是他们派来的间谍，为了让特洛伊人相信他，还故意把耳朵给割掉。当天晚上特洛伊人举行宴会庆祝击退了希腊联军并结束了战争，一个个都喝得晕头转向的。大家都喝醉了，只有西农还保持清醒，他见大家都睡着了，一个人悄悄地溜到木马那里，拨动木马肚子上的机关，把那些藏在里面的人都放了出来，然后发信号给漂流在海上的大军，让他们赶快来占领特洛伊城。等大军一进城就发动总攻，将睡梦中的特洛伊人杀死，攻下了特洛伊城，抢劫一空后放火将城烧掉，胜利回师。特洛伊战争历时十年之久，终于结束了。

智慧启迪

勇敢的英雄用牺牲去争取胜利；聪明的英雄用计谋争取胜利。俄底修斯以超人的智慧想出了一条妙计。此外，西农足智多谋、能言善辩、临危不惧、头脑冷静，成功潜入敌人内部，并里应外合成功实施了这条计策。最终木马计的成功给历时十年的特洛伊战争画上了一个句号。

● 时　　间：公元前490年
● 地　　点：雅典郊外的马拉松平原
● 人　　物：雅典人和波斯人
● 结　　果：雅典以少胜多打败了波斯

马拉松之战

　　公元前553年，居鲁士建立了波斯帝国，这是一个空前强盛的国家，它只用了三年时间就灭掉了曾是它宗主国的强国米底，不久又摧毁了新巴比伦王国。他的儿子冈比西斯征服了埃及，到了居鲁士的孙子大流士执政的时候，波斯已经成为一个横跨欧亚非三大洲的庞大帝国了。

　　大流士并不满足于现状，很快就把目光投向了富饶的希腊平原。公元前500年，波斯的殖民地米利都叛乱，由于米利都的居民大多是希腊移民，所以雅典和爱勒多利亚曾派出战船对其支援，这件事成了战争的导火索。波斯好容易把叛乱镇压下去了，但大流士因此恨透了雅典，于是在公元前492年派遣大批战船直扑希腊，结果半路遇上飓风，两万多士兵随同三百艘战船沉入了海底，陆军也遭到袭击，大流士的女婿也受了重伤，只好退兵。

　　大流士并不死心，他一面加紧准备下一次进攻，一面派遣使者到希腊各城邦去索要象征着投降的"土和水"。许多城邦都屈服了，只有希腊最强大的雅典和斯巴达没有理睬，雅典把使者扔下了悬崖，而斯巴达则把使者扔进了水井里，让他们自己去取"土和水"。

大流士受到了羞辱，暴跳如雷，于公元前490年再次派遣重兵入侵雅典，先攻占了爱勒多利亚，然后在雅典附近的马拉松平原登陆。雅典赶紧向斯巴达求援，斯巴达则借口月不圆就出兵会让神发怒的，于是拒绝出兵。只有普拉提亚派来了一千援军。雅典人知道斯巴达人靠不住后并没有气馁，他们把所有达到兵役年龄的男性公民都集中了起来，组成了一万人左右的军队，赶赴马拉松平原，占据了有利地形。

雅典法律规定，军事会议由执政官和十名将军组成，十名将军轮流担任总司令，每人一天，遇到问题大家投票表决。当时围绕着主动出击和被动防御展开了讨论，有个叫米太亚得的将军极力主张

兵营城市——斯巴达

知识窗

在希腊，最文明、文化事业最繁盛的国家是雅典，而最野蛮、最没文化的国家就是斯巴达了。斯巴达是一个纯粹军事化的国家，公民不需要参加劳动，他们唯一的生活方式就是军事训练，一切以军事为重。婴孩刚生下来的时候会用酒给他们洗澡，如果出现不良反应或者昏迷的就扔掉，然后还要交给长老鉴定，如果认为体质虚弱的也要被扔掉，这样留下的都是体质健壮的婴孩。七岁的时候他们就要加入儿童队，训练他们对长官服从、残忍，增强体力，每年都要被鞭打一次，不许求饶和哭泣。十二岁的时候他们进入少年队，不许戴帽子和穿鞋，一年四季都只能穿一件衣服，还不让吃饱，强迫他们偷东西吃，训练他们的敏捷性和狡猾，被人发现要受重罚，因为他们手段不高明的缘故。二十岁他们正式成为军人，三十岁结婚，六十岁退役。女孩虽然不参军，但平时也得锻炼身体，以生下强壮的孩子。斯巴达轻视文化，平时只要求能写名字和命令就行了。所以说斯巴达根本就是一个大军营。

主动出击，投票表决结果是五对五，最后执政官卡里乌斯把决定性的一票投给米太亚得，并把指挥权交给了他。

当时波斯有十万大军，人数是雅典的十倍，所以米太亚得决定不能硬拼。他曾经参加过米利都反抗波斯的起义，熟悉波斯人的战术，波斯人的战斗阵形是中间强，两翼弱，依靠集团冲锋取得优势。针对这种战术，米太亚得决定反其道而行之，把战线拉长，精锐人马放在两翼，正面稍弱一些，摆成一个弯月形的阵势。

公元前490年9月12日，大战开始了。希腊人率先发起攻击，波斯人立刻反击，希腊人且战且退，波斯人不知是计，紧紧相逼，由于追得太快，波斯军队的战线被拉得很长，米太亚得看准时机，下令埋伏在两翼的精锐步兵两路包抄，将波斯军队拦腰切断，这样就完成了合围。波斯人被包围后失去了人数上的优势，再加上雅典人身穿金属铠甲，而波斯人穿的只是亚麻做的紧身衣，防御力差了很多，所以被打死了很多。波斯人见雅典军队如此勇猛，吓得赶紧逃跑，雅典人紧追不舍，一直追到海边，夺取波斯人的战船。有个战士在爬上敌人战船的时候一只手被砍掉了，可他忍着剧痛又用另一只手扒了上去，终于和战友们一起把这条战船给俘虏了。勇敢的雅典战士一共俘虏了七艘波斯战船，打死了六千四百多波斯侵略者，而自己只损失了一百九十二人，而这其中就包括了执政官卡里乌斯和另外几位将军。在希腊，官员官职再大，到了战斗时也只是一名普通的士兵，而且正因为他们是执政官和将军，所以战斗中更应该冲在最前面，所以多数都牺牲了。

米太亚得赢得胜利后非常激动，他知道雅典人民正在焦急地等待战斗结果，他派善于长跑的士兵菲力庇斯跑回雅典向大家报告胜利的喜讯。菲力庇斯刚刚从战场上下来，已经很劳累了，而且还受了伤，但为了雅典人民能够早点得知喜讯，他还是拼命地奔跑。他跑到雅典广场之后，对在那里等待了一天的人们喊道："雅典人，快欢呼吧，我们胜利了！"说完这些话，他就一头栽到地上，再也没有醒过来。为了纪念这位长跑能手，1896年第一届奥运会设立了一个新项目——马拉松赛跑，距离正好就是当年马拉松平原到雅典的距离。

马拉松战役粉碎了波斯人灭亡希腊的美梦，是希波战争中希腊的第一场胜利，有人把这场战争称作"欧洲诞生时的啼哭"，可见它的重要性。

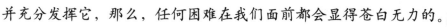

智慧启迪

世界上没有绝对的弱小，也没有绝对的强大，每个人都有自己的优势，关键就是要懂得扬长避短。小学生也是一样，在生活中遇到困难时，往往会把自己想得很弱小，很无用，其实并不是那么回事，要知道我们也有自己的优势和长处，只要我们能找到自己的长处，并充分发挥它，那么，任何困难在我们面前都会显得苍白无力的。

● 时　　间：公元前 399 年
● 地　　点：希腊雅典
● 人　　物：苏格拉底
● 结　　果：苏格拉底惨死

苏格拉底之死

　　雅典是一个文化艺术之都，在雅典，探讨人生意义的哲学家是很受尊敬的，一般只有有钱人的子弟能够接受教育，所以哲学家一般都是贵族出身，但是却有一个例外，而这个例外则是雅典最伟大的哲学家，他就是苏格拉底。

　　苏格拉底的父亲是一个石匠，母亲是个接生婆，所以他的家庭很贫穷，他也上不起学。小时候他跟父亲学手艺，但他很爱学习，慢慢地也认识了不少字，读了《荷马史诗》等许多名著，自学成材，成为了一名很有学问的人。他三十多岁的时候成为了一名不收报酬的教师，很多人仰慕他的学问而拜他为师，当时雅典人认为他最有学问，但苏格拉底的口头禅却是："我只知道自己什么都不知道。"

　　苏格拉底喜欢在人多的地方宣传他的思想理论，他的教学方法是和人辩论，他通过一问一答的方式让对方纠正自己的观点，接受他的理论，从来不直接灌输。他一般先不断追问对方，从对方的回答中找出矛盾的地方，迫使对方承认自己的看法是错误的。然后通过对话使对方抛弃错误的观点，接受正确的观点，然后在个别的事物中找出普遍的规律，最后再用这个规律去诠释个别的事物。所有的这些步骤都是通过对话启发别人说出来的，他自己从来不说自己的观点，而是用以上的方法让对方说出自己的观点，并承认那是对的。这种教学方法可以启发学生的思想，让学生亲自去发现和揭示真理，对后世影响很大。

苏格拉底不仅仅只研究学问，作为雅典公民，他曾经三次作为重步兵跟随雅典军队对外作战，期间他好几次救了受伤的战友，有一次还把功劳让给了另一个伟大的思想家色诺芬。于是苏格拉底成为雅典的名人。

苏格拉底还主张专家治国论，他认为不管什么职业都必须由经过训练、精通该职业知识的人担当，那么治国也是同样的道理，所以他反对雅典的民主选举制，他认为选上去的人不一定就懂得治国，那些执政官应该是精通政治的人，这样才能把国家治理好。所以当时很多人认为他是贵族派。

公元前404年，雅典在伯罗奔尼撒战争中失败，独裁统治取代了民主政治，当时统治雅典的克利提阿斯是苏格拉底的学生，但苏格拉底并不怕他，也没有利用他们的师生关系为自己谋取利益，相反，苏格拉底还反对过克利提阿斯某些有害国家的政策。

独裁统治被推翻后，有人控告苏格拉底和克利提阿斯有牵连，指控他平时一直宣称不赞成民主选举，并且用邪说毒害青年，犯了渎神罪，要求审判他。于是苏格拉底被抓了起来，在法庭上，苏格拉底慷慨陈词，宣布自己并没有罪。当时雅典有条法律，被告有权利提出一条和原告不同的刑罚，以便法庭在两者中选出一条。苏格拉底的朋友们都劝他给自己提终身监禁，这样可以免除一死。而苏格拉底坚持认为自己无罪，而且因为他教育了雅典青年，国家反而应该为他提供免费午餐。在朋友们的强烈要求下，苏格拉底才提出交纳一笔很小的罚金，但被法庭驳回了。最后法庭判了苏格拉底死刑，被关进了死牢。他的朋友和学生们拼命劝说他逃走，连看守都收买好了，但苏格拉底认为自己虽然没有罪，但法律就是法律，即使自己是被冤枉的，也必须遵守判决，于是他拒绝逃走。

临刑的那天晚上，他妻子和朋友都来见他最后一面，苏格拉底和妻子感情不是很好，因为他妻子没什么文化，经常当着他朋友和学生的面骂他，让他下不了台，于是他很快就把妻子打发走了，然后和朋友们继续讨论一些哲学话题。狱卒端来一碗毒酒，苏格拉底喝下毒酒，平静地躺下等待死亡的到来。朋友们都问他还有什么遗言没有，苏格拉底说："我还欠邻居克勒比俄斯一只公鸡，千万别忘了帮我还给他。"然后他就闭上眼死了。

苏格拉底无论是活着还是死后，都有一大批崇拜者和反对者，他没有留下任何著作。但据说他的诗歌写得非常好，他的得意

伯罗奔尼撒战争

知识窗

公元前431年，希腊最强大的两个城邦雅典和斯巴达为了争夺霸权而开战，当时雅典组织了提洛同盟，斯巴达组织了伯罗奔尼撒同盟。雅典的军事优势是海军，而斯巴达则是陆军，战争前期雅典占了上风，但不久因为爆发了瘟疫，实力大大受损，很快就转为了劣势。公元前427年，一些城邦爆发反雅典起义，严重打击了雅典的实力。而斯巴达内部也爆发了起义，双方僵持不下，后来雅典远征西西里岛，遭到惨败，精锐部队尤其是海军损失殆尽，斯巴达抓住这个机会对雅典发动进攻，包围了雅典，雅典动用全部财力重建了海军，但很快被斯巴达打败，最后被迫投降，从此斯巴达成为希腊的霸主。

门生柏拉图读过他的诗后认为自己的诗毫无价值，把自己写的诗都烧掉了，可见这位大哲学家的文学造诣也是很高的。西方的哲学界对苏格拉底评价很高，把他的哲学思想作为古代哲学的一个分水岭看待，他对西方哲学的影响是非常巨大的。

智慧启迪

提起苏格拉底，很容易让人想起中国的孔子，然而，这么一个伟大的人物却死于五百人陪审团近乎一致的判决，这不能说不是一个悲剧。在这个悲剧中我们能看到一个伟人的高贵品质，他为了证明自己的清白和坚持自己的见解，宁可去死，也不选择逃跑、请求宽恕，甚至就连自由选择刑罚的权利都放弃了。这不仅仅是气节的问题，还有对理想的执着追求。

苏格拉底之死
苏格拉底因坚持自己的信念将被判处鸩刑，但他神色安然，面无惧色。

故事小·档案
● 时　　间：公元 645 年
● 地　　点：日本
● 人　　物：中大兄皇子、中臣镰足
● 结　　果：日本进入封建社会

日本大化改新

公元 5 世纪左右，大和族统一了日本大部分地区，建立大和国家，统治者称为天皇。大和国家是一个奴隶制国家，日本的奴隶分为两种，一种是从事家务劳动的奴隶，一种是从事农业劳动的部民。部民是以部落为单位的，多数是被大和族征服的民族。部民可以保留自己的私有财产，主人是不能侵犯的，而且主人也不能随意杀害和买卖他们，但可以把他们赠送给别人，所以部民和奴隶也差不多。此外还有大量平民，他们有人身自由，但是由于土地大多被贵族兼并，所以他们随时都有可能沦为部民。大和国家建立后，由于很难再往外扩张，所以就把注意力放在了控制内部政权上面。

6 世纪时期，中央大权控制在苏我氏贵族的手中，他们扶植支持自己便于控制的天皇，独掌朝政大权。下面的贵族则成天忙着兼并土地和剥削压迫部民，土地空前集中，许多平民也因此沦为了部民，社会矛盾非常尖锐。奴隶、部民和平民纷纷起来反抗，一次次打击着日本腐朽的社会制度。统治阶级内部一些有识之士开始努力寻找更适合当时社会现状的统治方式了。

当时中国的政治制度引起了他们的兴趣，苏我稻目最早推动了改革。他对手下的部民总是逃跑感到很头疼，后来他想到了一个好办法，就是编写部民的户籍，这样谁要是逃跑的话很快就能抓到他，而且以户口为单位的话，部民实际上就是每家每户上缴赋税，而不是按部来缴了。这样方便了部民，从此他手下很少有部民逃跑了。他的这种方法得到了天皇的赞扬，于是在全国范围内推行这种方法，实际上是把以部为单位的奴隶变成相对自由的国家农民。但很快就因为保守派的反对，这次小改革被取缔了。

推古天皇在位时期，立厩户为太子，历史上称他为圣德太子，后来让他临朝摄政。圣德太子掌权后，推行了推古改革，先后制定

日本天皇制

知识窗

公元 4 世纪中期，现在天皇的祖先统一了日本关西地区，建立了大和国，开始学习中国汉字，并开始使用。第一代可以考证的天皇是推古天皇，他的侄子圣德太子试图建立一个中央集权制的国家。圣德太子是第一个提出"天皇"称号的人，但改革还没成功就死了。日本天皇很少有掌握实权的，尤其进入 10 世纪之后，藤原氏掌握大权，几代天皇都被迫在寺庙里度过一生。12 世纪末，源赖朝建立了日本历史上第一个幕府政权，从此天皇更成了摆设品，尤其是德川幕府统治时期，天皇仅仅剩下一项决定年号的权力。直到 1868 年明治维新之后，天皇才掌握了国家大权。第二次世界大战结束后，日本成为君主立宪制国家，天皇只是作为日本国民的象征，但没有实权。日本天皇制号称"万世一系"，据日本最早的史书《古事记》记载，日本第一任天皇是公元前 660 年即位的神武天皇，但《古事记》实际上是一本神话书，里面记载的推古天皇以前的三十三代天皇都是虚构的。不过日本皇室确实是世界上统治时间最长的皇室，虽然它的大部分统治时期都是名义上的统治。

了冠位十二阶和宪法十七条，前者规定按个人的才能和功劳授给非世袭的官位，排挤打击了那些世袭贵族；后者是用儒家思想来规定臣民的日常行为准则，还与中国加强了往来，派遣大批留学生。但是这次的改革并没有推广开来，也没有触动顽固势力的利益，圣德太子死后，他的儿子被顽固派杀害，改革就失败了。

但是改革思想已经深入人心，大家都清楚如果不改革的话，日本是没有前途可言的，但是朝政大权掌握在顽固派苏我氏的手里，如果不消灭苏我氏的话，改革是很难成功的。

公元645年6月12日，日本天皇接见三韩的使者，突然宫门被关闭，中大兄皇子带领手下发动攻击，杀死了苏我氏的领袖苏我入鹿，然后组织军队进入戒严状态，防止苏我氏的同党狗急跳墙。13日，苏我入鹿的父亲苏我虾夷自杀。14日，中大兄皇子和中臣镰足联合废掉了天皇，改立中大兄皇子的舅舅为天皇，称作孝德天皇，建立"大化"年号，迁都大阪，次年颁布改革条例。规定废除土地私有制和奴隶制，将全国土地划分为国、郡、里三个行政单位，并建立统一的行政规划制度。全国人民均得设立户籍，实行班田收授法，平均划分土地给农民，赋税制度方面实行租庸调制，即收取人头税和土地税。没过多久，又整顿中央政府，设立八省百官制，以前的贵族都改成国家官吏，从国库里领取俸禄，废除了奴隶主贵族的世袭特权。实行征兵制，将军权归属中央，以免地方权力大于中央而引发内乱。这些改革措施缓和了国内矛盾，促进了日本封建经济的发展。但不久改革措施被废除了。

日本是个侵略性很强的国家，改革刚刚有了一点成果，就开始侵略别人了。先是出兵虾夷和朝鲜半岛，妄想把朝鲜作为跳板侵略中国。但日本哪里是当时唐帝国的对手，公元 663 年在朝鲜白村江被唐朝军队打得大败，不得不撤退。公元 668 年，中大兄皇子即位，称作天智天皇，于是重新推行改革。他死后由天武天皇继续他的事业，最后完成了改革，封建制度在日本建立了起来。

智慧启迪

　　透过日本大化改新，我们不得不承认日本民族确实是一个善于学习的民族，这一点是值得我们学习的。英国著名的音乐指挥家戴维斯曾经说："学习能达到你所希望的境界。"这句话的意思是：学习可以改变一个人的命运，使他拥有所希望获得的东西或生活状态。作为小学生，养成善于学习的习惯是非常重要的，因为学习可以帮助我们实现心中高远的理想，可以帮助我们改变目前的不令人满意的生活状态。

故事小·档案

● 时　　间：公元 1428 ~ 1431 年
● 地　　点：法国
● 人　　物：贞德
● 结　　果：贞德被烧死，但她的精神却激励法国人民最终打败了侵略者

圣女贞德

公元 1337 年，英国和法国为了争夺佛兰德尔地区而开战，战争一直持续了一百多年。法国的军事优势是拥有欧洲最强大的骑兵部队，而英国针对这一点特制了一批大弓。在战斗中英国弓箭手起了决定性的作用，法国的骑兵根本抵挡不了那些密集的弓箭，他们的铠甲频频被射穿，所以法国一直处于劣势。公元 1415 年，法国内部两大派系发生冲突，英国乘虚而入，在阿金库尔战役中几乎全歼法国主力部队，并与法国投降派勃艮第公爵合作，攻占了法国北部。

不久，法国国王查理六世死去，他的儿子查理太子被英国打败，被迫放弃王位继承权，躲在一个小村子里。1428 年，英军继续进攻，将法国南部的屏障奥尔良包围了起来，如果奥尔良被攻下，那么英军就可以长驱直入，法国就亡国了。

在这个时候，一个叫贞德的农村姑娘站了出来。据说贞德在放羊的时候听到了天使的声音，告诉她要起来拯救法国，于是贞德找到当地总督，要求他派人护送她去见查理太子。总督起初以为她疯了，但贞德的诚恳打动了他，于是贞德见到了查理太子。

贞德告诉太子自己要当他的将军，带领法国军队去救援奥尔良。太子一开始也不相信她，但在贞德的劝说下，他觉得自己反正也失去了王位，不如再赌一把，于是同意了贞德的要求。

公元1429年2月23日，年仅十七岁的贞德脱下了女儿装，换上男子的衣服，穿上太子送给她的白色铠甲，开始了她的救国事业。当时的法国人民都相信一个预言，一个女人将拯救法国，贞德的出现让他们认定她就是拯救法国的人，于是大家纷纷加入贞德的军队，很快就召集了七千人。贞德带领这支临时拼凑起来的部队向奥尔良进军，许多人都不相信她能打败强大的英军，阿金库尔战役中英军那百发百中的弓箭吓坏了太多的法国人。

贞德率部来到了奥尔良，她先让人写了封信给英军统帅，骄傲的英国人大声嘲笑她，认为一个牧羊女怎么可能打败他们。贞德发起了进攻，一开始英国的弓箭确实射死了不少人，大家有些害怕了，有的人已经开始撤退。贞德见状大怒，挥舞宝剑冲在了最前面，大家在她的激励下重新鼓足了勇气，跟着她向英军阵地冲去。战斗中贞德受了重伤，周围的人都劝她暂时撤下去，但贞德没有听从，一直坚持到战斗的最后，由于失血过多昏迷了过去。法军感动得热泪盈眶，更加不要命地往前冲，终于突破了英军的防线，全歼英军，赢得了开战以来第一个大胜仗。贞德因此被称为"奥尔良姑娘"。

打下奥尔良后，贞德成为法国人民心中的英雄，更多的人跑来加入她的部队，她的崇拜者越来越多，甚至连她的马溅起来的泥土都被人当作宝贝收藏起来。贞德又率领大军获得了巴代战役的胜利，这次胜利完全扭转了战争局面，法国人从以前的望风而逃变成了所向披靡。不久，贞德攻下了兰斯，在兰斯大教堂为查理太子

举行了加冕仪式，查理太子成为法国国王查理七世，贞德的梦想终于实现了！一个普通的法国乡村少女让失去王位的王子重新获得了王位！

巴代战役后，贞德率领法军一直打到了巴黎城下，一路上没有遭遇到什么抵抗，英军一听是贞德来了，吓

弓箭与骑兵

中世纪欧洲最重视骑兵的建设，骑士是当时最受欢迎的职业。为了加强骑兵的战斗力，一般都给骑士穿上厚厚的金属铠甲，连马匹都有专门的铠甲，一名骑兵冲锋起来就像一架重型战车，步兵根本抵挡不住攻击。由于骑兵装备昂贵，平民根本置办不起，所以骑兵都是由贵族担任的，所以数量受到了限制。后来弓箭逐渐发展了起来，尤其是长弓的出现，严重动摇了骑兵的地位，当时的长弓比人还高，射出去的箭可以轻易穿透骑兵的铠甲，而弓箭手的训练成本大大低于骑兵，普通平民也可以负担得起，所以英国首先将训练重点放在了弓箭手上面。在百年战争期间，弓箭手给法国骑兵造成了毁灭性的打击，从此，骑士阶层开始没落。

得纷纷投降。他们也相信贞德是上帝派来拯救法国的人，谁还敢和上帝使者作对？在攻打巴黎城的时候，查理七世竟然下令贞德撤退，因为他害怕贞德力量强大后会威胁到他的王位，贞德哭了，这个天真的姑娘心里想的只有她的祖国，眼看首都巴黎就要攻下来了，可却无端受到怀疑。贞德的心碎了，她决定先攻下巴黎再说。结果那些法国贵族出卖了她，贞德受伤被勃艮第公爵俘虏了。

许多人要求查理七世派兵把贞德救回来，可忘恩负义的查理七世却说："现在兵力还不足，如果去救贞德的话，万一失败，不是把老本都拼没了？贞德知道后也不会高兴的。"于是拒绝出兵。

后来英国人把贞德买了过去，将她交给宗教法庭，给她安上女

巫的罪名，将贞德烧死了，贞德死的时候才十九岁。贞德虽然死了，但是她的精神却激励法国人民起来反抗英军的侵略，最后在 1453 年收复了除加莱以外的全部失地，赢得百年战争的胜利。

智慧启迪

　　圣女贞德是历史上令人感叹的人物之一，年仅 17 岁的她就担负起了拯救法国的重任。从贞德身上我们不仅能看到爱国、勇敢、坚韧等一系列美德，更能看到她勇于打破传统观念，敢于向陈腐的观念宣战的精神。这在当时男尊女卑的社会环境中是难能可贵的。看了贞德的故事，相信小学生们都会被她的精神所感动和鼓舞，并能做到勇于面对，敢于承担。

描述圣女贞德被俘后英勇就义的场景。

故事小·档案

● 时　　间：公元 1492 年
● 地　　点：美洲
● 人　　物：哥伦布
● 结　　果：哥伦布发现了美洲大陆

哥伦布发现新大陆

　　15 世纪的欧洲兴起了一股"黄金热"，当时欧洲资本主义经济发展迅速，社会对于货币的需求量越来越大，由于货币流通量很少，造成资本积累缓慢，严重束缚了资本主义的发展。当时的货币主要是金币，而欧洲的黄金开采量有限，没有足够的黄金来制造货币。再加上欧洲上流社会对东方奢侈品的需求量日益增加，而欧洲又没有可供交换的商品，只能用黄金和白银去交换，导致货币大量外流，所以造成当时的人们对黄金的疯狂崇拜和追求。

　　可是上哪儿找黄金呢？马可·波罗的《马可·波罗游记》里面把东方描写成遍地都是黄金和香料的地方，许多人读了他的书后热血澎湃，都想到东方去发一笔横财。但是当时欧洲通往东方的道路被土耳其帝国切断了，土耳其人和欧洲人是死对头，所以基本上没法走陆路。另外还有两条水路被阿拉伯人控制，他们也不可能让欧洲人轻易通过，所以西方要买东方的商品只能从阿拉伯商人手中购买，价格比成本高了将近十倍。所以西方人一直想找到另外一条通往东方的新航线，但由于科技的落后和各国忙于战争，一直没能实

马可·波罗

知识窗

马可·波罗是意大利威尼斯人，他十七岁的时候跟随父亲和叔叔到中国去，历尽千辛万苦，走了三年多才到了中国，并见到了当时的中国皇帝元世祖忽必烈。忽必烈很喜欢马可·波罗，派他到全国各地巡视，他在途中被中国的美丽和富饶所折服。他在中国待了十七年，1292 年，他和父亲受忽必烈委托，护送一位公主去波斯，趁机请求回国，得到同意。三年后返回祖国。后来参加威尼斯和热那亚的战争，不幸被俘。他在监狱里对狱友讲述了他在中国的经历，别人把他说的记录下来整理成书，就是著名的《马可·波罗游记》。这本书描述了中国的富有，书中有很多夸张的描写，但当时人都信以为真，于是激发了对中国财富的兴趣，间接影响了新航路的开辟。

现这个愿望。

到了 15 世纪的时候，英国、西班牙、法国、葡萄牙等国相继强大起来，而且科技也得到了飞速的发展，造船业也相当发达了，尤其使用了中国发明的指南针，可以在海上不会迷路。这样远航就成为可能，许多航海家和冒险家都投身于远航事业，企图找到一条新航线。

哥伦布就是其中最杰出的代表人物，他很早就阅读了《马可·波罗游记》，并认同了地圆学说，他认为只要从欧洲海岸向西走，就一定能到印度，这样就不用经过阿拉伯人控制的地盘了。哥伦布坚信自己是正确的，但他没有钱组织船队去验证他的理论，于是四处寻找赞助者，但没有人相信他的话。1486 年，他去了西班牙，向西班牙国王阐述了他的理论，并努力说服西班牙国王赞助他组建船队。公元 1492 年，西班牙国王决定赞助哥伦布，出资替他组建船队，许诺哥伦布可以担任他新发现地区的总督，并获得该地区收入

的二十分之一，但主权归西班牙。

同年 8 月 3 日，哥伦布率领三艘大船和八十七名水手出发了。当时人们都不相信哥伦布会成功，哥伦布都招不到足够的水手，最后是到监狱里招募死刑犯才将人数凑齐。他许诺如果成功，他们的死罪将会被赦免，这样那些死刑犯才愿意跟他去冒险。船队在海上航行了两个月，还是看不到陆地，水手们都觉得没有希望了，向哥伦布请求返航。但哥伦布坚信一定能成功，于是下令继续西行。水手们士气低落，都认为必死无疑了，于是有的水手决定造反。哥伦布苦口婆心地劝说他们，最后宣布谁先发现陆地就能获得重赏，水手们才勉强同意继续往西走。

10 月 12 日晚上，一名水手发现前面似乎有光亮，感觉是一块陆地，于是兴奋得大叫起来。水手们非常激动，拼命地向那地方驶去。天亮的时候果然发现那是个岛屿，哥伦布很高兴，他以为这就是印度，宣布这块土地归西班牙所有。他以为岛上的居民就是印度人，于是管他们叫印第安人。他在这个岛上补充了淡水和食物后向南航行，又到了今天的古巴群岛，令他失望的是这个地方并没有他想象中那么多黄金和香料，不过也发现了不少从没见过的动植物。哥伦布一开始并没有抢劫，而是采用欺骗手段和当地居民交易。由于印第安人当时还处于原始社会，生产力非常落后，所以他们对欧洲人的所有东西都非常感兴趣。哥伦布抓住这一点，用各种各样的废物比如玻璃碎片等和印第安人交换贵重的物品，骗得了大量财富。后来他更加贪婪了，在海地建立据点后，用大炮和火枪对印第安人进行赤裸裸的掠夺，最后他带着大批抢来的财富和十个被他抓来的印第安人回到了西班牙。他宣布他找到了印度，在欧洲引起了轰动。后来

西班牙国王又两次派他出航，虽然又发现了许多新地方，但并没有带回来多少黄金，遭到贵族的忌恨，1506年，哥伦布去世。直到死之前，他还以为他发现的陆地是印度，后来另一个航海家证实那地方其实是一个新大陆，就是今天的美洲。

智慧启迪

这个世界有太多未知的东西了，如果不去研究不去探索的话，那些未知之谜是永远都解不开的，所以，人要富有探索精神。遵循前人定下的规则虽说不会出错，但也不容易发现新东西。现在的社会鼓励人们探索和创新，就是为了让我们的生活变得更美好。

这种小吨位的轻快帆船，在15世纪和16世纪西班牙人和葡萄牙人的早期探险活动中发挥了重要的作用。

故事小·档案
- 时　间：公元 1649 年
- 地　点：英国
- 人　物：克伦威尔、查理一世
- 结　果：查理一世被处死，英国资产阶级革命取得胜利

查理一世被押上断头台

　　17 世纪的时候，英国资本主义经济已经得到了很大的发展，对外贸易和殖民统治也非常繁荣。但是斯图亚特王朝仍然横征暴敛，把一些重要的商品列为王室专卖品，极大损害了英国资产阶级的利益。另外，农民也不堪重负，纷纷暴动，英国社会矛盾空前尖锐。

　　1639 年，苏格兰地区爆发了起义，取得一系列胜利。为了镇压起义，国王查理一世不得不召开议会，讨论增税的问题。这次会议召开了三个星期，由于查理一世要求资产阶级拿出钱来，但又不肯满足他们的政治要求，所以始终没有取得成果，于是被解散了。过了不久，由于财政紧张，他不得不在 1640 年 11 月再次召开议会。

　　议员们纷纷投票反对增税，因为他们认为英国人民已经被压榨得一无所有，根本拿不出多余的钱来。不仅这样，上届议会议长皮姆还提出议案，要求废除国王加税的法令，并逮捕国王的宠臣斯特拉福伯爵和洛德大主教，因为他们俩帮助国王鱼肉百姓，深受人民痛恨，苏格兰起义也和他们有关。最重要的是，他要求将议会改成长期议会，反对国王可以随意解散议会。他的议案获得众人的赞同，

最终得到通过。虽然这个议案没有得到国王的支持，但人民纷纷起来拥护它，国王也没有办法阻止。

后来那两个奸臣被议会下令逮捕，并判处了死刑。查理一世当然不甘心自己的宠臣被杀头，于是亲自到议会上去，要求释放他们。议员们坚决拒绝了国王的命令，窗外闻讯赶来的人民也发出怒吼，表示坚决支持议会。查理一世害怕了，只好偷偷溜走。当天晚上他派人送信给约克城的驻军司令，让他带兵到伦敦，武力镇压议会，并救出那两个宠臣。但送信的人还没出城就被抓住了。1641 年 5 月 12 日，二十万伦敦市民在王宫周围游行示威，迫使国王在死刑判决书上签了字。

查理一世非常生气，于是策划武力镇压，但他发现伦敦城里根本没有人支持他，只好偷偷逃跑了。他逃到诺丁汉召集支持自己的贵族，组织军队向议会反扑。由于英国大多数人还对国王抱有幻想，大多数议员也对是否要对国王开战抱怀疑态度，导致议会军队在与国王军交战的时候斗志涣散，一连吃了好几个败仗。有个议员说了这样一句话："我们就算打赢了一百次，可国王还是国王；但国王只要赢了一次，那我们就什么都不是了。"针对是否要和查理一世妥协，议会里争吵不休，眼看国王军已经打到离伦敦只有五十公里的牛津了。

这时候，克伦威尔带领他的铁骑兵在马斯顿荒原大败国王军，挽回了局面。克伦威尔本来是一个乡绅的儿子，战争开始不久，他招募了六十人组成骑兵队加入了议会军，他的骑兵都身披铁甲，每次作战他们都高呼"天兵来了"杀入敌阵，几乎无人敢挡，所以屡战屡胜，很快就从六十人发展到了一万多人了。这次胜利树立了克伦威尔的威信，他被任命为议会军统帅。

1645 年 6 月 14 日，国王军和议会军在纳西比决战，克伦威尔的军队很快就击溃了国王军。查理一世还没反应过来，身边的士兵都逃光了，他只好化装逃到了苏格兰。

1647 年，议会出高价将查理一世买了回来，软禁了起来。第二年他悄悄逃走了，他和苏格兰人相勾结，发动叛乱，挑起了第二次内战。克伦威尔率军再次击溃叛军，俘虏了查理一世。

议会就如何处置查理一世讨论了很久，最后克伦威尔提议处死他，因为他勾结外国，出卖国家利益，杀害英国人民，是人民的公敌。很多议员很犹豫，因为欧洲历史上还从来没有过臣民处死国王的先例。但克伦威尔和他的支持者们动之以情、晓之以理的劝说，加上人民对查理一世的痛恨，最后促使议会通过了处死查理一世的议案。

1649 年 1 月 30 日，国会广场人山人海，下午一点半的时候，查

克伦威尔

知识窗

克伦威尔是英国资产阶级革命的领袖，他在与国王军的战斗中立下大功，将他的铁骑军改组成"新模范军"，由克伦威尔担任统帅，并在纳西比战役中取得大胜，全歼国王军主力，从此奠定了他的政治地位，树立了自己的威信。在胜利面前，克伦威尔骄傲起来，1653 年 4 月 19 日，他要求议会解散，遭到议员们的反对。克伦威尔仗着自己手握军权，悍然带领军队进入议会，强行赶走了议员，解散了议会。该年 12 月 16 日，克伦威尔就任英国护国主，成为不戴王冠的国王。他上台后多次发动对外战争，人民又重新回到了水深火热的时代。公元 1658 年克伦威尔病逝后，他的儿子软弱无能，被查理一世的儿子查理二世推翻，斯图亚特王朝复辟，英国资产阶级革命遭受严重挫折。

理一世被押上了断头台，随着大斧飞快地砍下，这颗曾经戴着王冠的脑袋掉在了地上，人群顿时发出一阵欢呼，庆祝这个伟大的时刻。随着查理一世被处死，英国资产阶级革命达到了高潮。

智慧启迪

多行不义必自毙，历史车轮的前进步伐是谁都挡不住的。如果谁为了自己的个人利益而违背人民的愿望，那么他是不可能成功的。我们从小就要树立一个信念，那就是无论做什么事都绝对不能违背社会的道德和法律，更不能违背人民的利益，千万不能像查理一世那样贪得无厌，最终被自己的贪婪和放纵所毁灭。

图画描绘了查理一世被处死后，当刽子手拿着国王的头颅示众时，一位妇女当场昏厥的情景。

故事小·档案
● 时　　间：公元 1697 年
● 地　　点：俄罗斯
● 人　　物：彼得大帝
● 结　　果：改革获得成功，俄罗斯成为欧洲强国

彼得大帝剪须为改革

　　1682 年，年仅十岁的彼得即位成为俄罗斯的新沙皇，不久，他的姐姐索菲亚公主发动政变，夺取了权力，把彼得和他的母亲赶到郊外软禁起来，自己担任执政。而小彼得很小就喜欢军事游戏，他把小伙伴们编成两个军团，成天和他们一起玩军事游戏，在游戏中他们获得了军事知识，逐渐成长了起来。1689 年，彼得的那两队小伙伴已经成为了训练有素的军队，索菲亚感到了威胁，于是她又一次发动兵变，想废掉彼得，但很快就失败了，彼得得以回到莫斯科，亲自执掌了国家大权，索菲亚被送到修道院软禁了起来。

　　当时俄国和现在不同，还只是个内陆国家，并没有出海口，而且经济很落后，在欧洲列强眼里它只是个落后野蛮的国家。彼得认为俄国必须有出海口，这样才能打通与西欧联系的桥梁，于是开始四处征战。

　　1695 年，彼得率领大军进攻土耳其的亚速城堡，企图占领亚速海领域，从而获得出海口，但由于当时俄国没有海军，只能用陆军包围，而土耳其可以利用海军给城堡提供支援，所以这次远征没有

成功。彼得认识到了海军的重要性，于是斥巨资建造了三十艘战舰，组建了俄国史上第一支海军，第二年又一次进攻亚速，终于获得了胜利。

但这并没有打通南方的出海口，因为该海域被土耳其海军所控制，俄国没有能与土耳其海军抗衡的力量，于是彼得决定向西欧学习。

1697 年，俄国赴欧考察团成立，彼得化名彼得·米哈依诺夫，以下士身份随团考察。在荷兰考察造船业期间，他还亲自在造船厂当了四个多月的学徒，船里的工人谁都没有怀疑他的身份。他还四处聘请科学家去俄国工作，并搜集科技情报。他在英国的时候，英国人很奇怪那些使团的高级官员却对一个下士毕恭毕敬，后来才知道那位下士竟然是俄国沙皇彼得，于是邀请他随意参观英国。彼得在英国收获很大，甚至还参加了一届国会，当然，他认为英国的君主立宪制不能在俄国实行，但他始终抱着谦逊学习的态度去对待西欧的每一样新事物。

正在这个时候，支持索菲亚公主的射击军发动叛乱，要求彼得下台，让索菲亚担任沙皇。彼得急忙中止了考

俄国沙皇

知识窗

和别的国家不同，俄国皇帝都称自己是沙皇，那么沙皇是什么意思呢？1547 年，俄国刚统一不久，年轻的伊凡四世在举行加冕仪式的时候，宣布自己采用古罗马凯撒大帝的称号。恺撒是古罗马帝国优秀的政治家和军事家，是著名的独裁者，也是欧洲君王们崇拜和效仿的偶像。沙皇就是凯撒大帝的意思，沙是凯这个字在俄语里的发音。从此俄国的统治者都自称自己是沙皇了。沙皇这个称号一直到十月革命胜利后，尼古拉二世被推翻，才最终走下了历史舞台。

察，赶回国内，镇压了叛乱。国内局势稳定下来后，彼得开始全面改革，他在国内开办了好几百家新兴工业的工场，并鼓励商人在国内投资，又建设了许多通商口岸，推动商业发展。彼得还很重视文化教育事业，他先后开办了很多专门学校，并派遣留学生去欧洲学习。彼得还创办了报纸、图书馆、剧院和博物馆等一系列文化场所。

彼得还改革了国家机构，将那些无用的机构精简掉，并把地方上的权力收回中央，由沙皇一人执掌国家大权。

彼得对俄国传统的服装和打扮深恶痛绝，当时俄国人习惯留大胡子，穿长袍，既不卫生，行动也不方便，彼得决定采用强制手段迫使俄国人放弃这些落后的风俗习惯。于是有一次他接见贵族时，突然拿出一把剪刀，揪住一个人的头，把他的胡子给剪掉了。接下来他用同样的办法把在场贵族的胡子都给剪掉，并下令在规定时间内必须剪掉大胡子，否则重罚。他还禁止下跪，后来还禁止穿长袍，鼓励他们像欧洲人那样戴上扑满香粉的假发，脚踏长筒靴，并举办舞会，进行欧式的社交活动。

接下来彼得还改革了军队，给他们装备上新式的武器，建立了一支拥有二十万士兵的陆军和四十八艘战舰的海军。他还废除了按门第担任官吏的制度，亲自提拔了一些出身低微、但富有才干的人担任高级官吏，比如他的陆军元帅以前就是个卖包子的。

在彼得的改革下，俄国很快就强大了起来。1700年，彼得向瑞典的纳尔瓦进军，结果遭到惨败。但彼得并没有灰心，他重新征集军队，并铸造了三百门大炮。1709年，彼得再次出征纳尔瓦，这次他大败瑞典人，夺得了芬兰湾和里加湾沿岸的土地，打开了北方的出海口，从此俄国拥有了自己的出海口，成为当时世界上最强大的国家之一。1712 年，彼得造了一座新城市作为俄国的首都，取名叫作圣彼得堡，就是今天的彼得格勒。而彼得也被尊称为彼得大帝和俄罗斯之父。

智慧启迪

也许我们永远也不能成就伟大的事业，但我们可以成就属于自己的事业。永远不要原地踏步，眼光要放在最前面，放心大胆地去改变自己，找到属于自己的那一片天空。就拿学习来说，每个人都有最适合自己的学习方法，关键就是你愿不愿意去找到它。千万不要灰心丧气，勇敢地认识自己，然后找到属于自己的那片天空。

- 时　　间：1752 年
- 地　　点：美国
- 人　　物：富兰克林
- 结　　果：富兰克林了解了雷电的奥秘，发明了避雷针

富兰克林发明避雷针

雷电是一种自然现象，可古时候的人类则不这么看，他们认为雷电是神在发怒。中国人就认为雷电是上天用来惩罚坏人的工具，希腊人则认为雷电是宙斯的武器，用来威慑神和人类。但随着科技的发展，科学家越来越想揭开雷电的奥秘了。

1746 年，欧洲人发明了可以储存电的容器——莱顿瓶，为进一步研究电提供了新的科学方法。当时欧洲的各个实验室都流行做电实验，很多人还在街头表演电学现象，有的魔术师利用电流通过自己的身体，让头发都竖起来，以此来吸引观众。富兰克林看到这种表演后对电科学产生了兴趣。不久，他的一个朋友送给他一根用来做电实验的很大的玻璃管，只要用丝绸摩擦它，就能产生很强的静电。富兰克林用这根玻璃管重复了他在街头看到的实验，掌握了一些基本的电学知识。

富兰克林出身贫寒，家里连他一起共有十个小孩，所以虽然富兰克林学习成绩优异，但家里实在负担不起他的学费，于是他十岁的时候就离开了学校，两年后当了印刷工厂的学徒，当了将近十年

的印刷工人。虽然他一生只上过两年学，但他从来也没有中断过学习，总是把钱省下来买书看，很快便掌握了很多科学知识，成为了一个有学问的人。

后来富兰克林创办了自己的印刷所，使自己摆脱了贫困，不到三十岁就成为美国有名的学者和思想家。他对电产生兴趣后，虽然工作很繁忙，但还是利用一切业余时间来做实验。

当时学术界对于雷电的解释比较流行的观点是雷电是一种空气爆炸所产生的现象，由于没有人能用实验说明事实，所以虽然很多人对这个结论表示怀疑，但也没有证据证明它的谬误。

有一次富兰克林在做实验的时候，他的妻子不小心碰到了玻璃管，结果闪出一道电光，他妻子被击倒在地，足足休息了一个星期才恢复健康。这件事让富兰克林想到了天上的雷电，他觉得他妻子

知识窗

富兰克林与美国革命

富兰克林不仅仅是一个伟大的科学家，还是一个伟大的思想家和爱国者。美国独立战争爆发后，富兰克林毅然捐出了自己的家产支援革命，还起草了美国历史上影响最为广泛的纲领性文件——《独立宣言》。不久，他受"大陆会议"委派，出使欧洲各国以寻求支持。他先到了法国，以他崇高的学术地位和声誉赢得了法国人民的爱戴，法国人民纷纷对美国独立战争表示同情和支持，促使法国政府和美国签订友好条约，并派遣远征军赴美作战，帮助美国人民从英国殖民者的束缚下解放出来。然后富兰克林又出访其他国家，利用出色的外交才能赢得西班牙和荷兰公开宣布对英国宣战，俄国等国宣布中立，英国被孤立了起来，美国也借此摆脱了战争初期的被动局面，逐渐占据了主动，最后赢得了革命的胜利。

被电击倒的样子和被雷电击倒的人有相似之处，经过反复思考，他认定雷电也是一种放电现象。于是他写了一篇论文《论闪电和我们的电气的相同之处》寄到英国皇家学会。他在这篇文章中指出，闪电和平时摩擦生出来的电是同一种放电现象，所以如果在房顶上装上一根金属杆，再用金属线将杆和地面连接起来，这样打雷闪电的时候就可以把闪电引到地下，房子就不会被电击了。许多人认为富兰克林的看法是错误的，纷纷嘲笑他，说他是个疯子。

富兰克林知道自己的观点被人嘲笑后非常气愤，决心用事实来证明他是正确的。于是他有了一个大胆的想法，就是把天上的雷电"请"到地上来。

1752年7月的一天，天上突然阴云密布，眼看就要打雷下雨了。人们纷纷跑回家躲避即将到来的大雨，而富兰克林和他的儿子却兴冲冲地拿着一个大风筝往外面跑。很多人以为这父子俩发疯了，要下暴雨了还跑出去放风筝。其实富兰克林是想借风筝把雷电给引下来，他在风筝线上装了金属杆，风筝线的末端是一个莱顿瓶。富兰克林举着风筝让儿子拉着风筝跑，很快就把风筝放上了天，渐渐地，风筝飞得看不见了，富兰克林和儿子手拉着风筝线，焦急地等待着打雷闪电。没过多久，暴雨倾盆，空中电闪雷鸣，不一会儿一道闪电击在风筝上，富兰克林顿时感到浑身一阵麻木，并且那些电也被收集在了莱顿瓶里面，经过实验，莱顿瓶里的电和平时用丝绸摩擦玻璃管所产生的静电是一样的。雷电的奥秘终于被揭开了，但富兰克林低估了闪电的威力，他不知道这个实验有多么危险。

既然证明了天上的电和普通的电没有区别，富兰克林写信给一

位法国的朋友，让他照着自己论文里阐述的方法去做，那位朋友将一根铁杆竖在房顶下，打雷的时候闪电果然被引到了地下，房屋却没有受到损害，这就是我们今天还在使用的避雷针。

智慧启迪

关于避雷针的发明，似乎是一个偶然事件。但正是偶然经探索而促成了发明和创造，如同一个苹果落到了在树下乘凉的牛顿头上发现了万有引力一样。其实这些都是寓于必然中的偶然而已。他们勤奋学习、刻苦钻研和不达目的誓不罢休的精神以及为科学献身的思想，为他们后来成为有影响的科学家奠定了基础。

扫码获取更多资源

故事小·档案

● 时　　间：1812 年
● 地　　点：俄国莫斯科
● 人　　物：拿破仑
● 结　　果：拿破仑惨败，导致反法同盟重新集结

拿破仑兵败莫斯科

拿破仑在摧毁一个又一个反法同盟之后，势力已经空前强大，现在除了英国之外，几乎所有的欧洲国家都向法国低下了它们高贵的头颅。拿破仑志得意满，开始飘飘然起来了。

1808 年 9 月，拿破仑和俄国沙皇亚历山大二世在德国会谈，拿破仑想通过这次会谈给沙皇一个错误印象，那就是法国确实想要和平。而他真正的目的是刺探俄国的虚实，毕竟俄国拥有欧洲大陆人数最为庞大的陆军。会谈的结果让拿破仑很满意，他认为俄国不堪一击，完全可以轻易占领。

1812 年 5 月，拿破仑在德国的德累斯敦检阅了他的部队，六十万大军整装待发，在士兵们的一片欢呼声中，拿破仑下了进攻俄国的命令。

6 月，法军进入俄国领土，一路上势如破竹，竟然没有遭到任何抵抗。法军很轻松地就占领了立陶宛。拿破仑起初很得意，等把立陶宛都占领了之后才觉得有点不对劲了，因为他在城里不光看不到敌人的军队，甚至连一个老百姓都看不到。没有老百姓就意味着

不能在当地取得补给，如果光靠后方的支援，那是远远不能满足六十万人的需要的。那么，老百姓都上哪儿去了呢？

原来亚历山大二世很清楚俄军的实力，他知道总是在法国人身上吃败仗的俄国军队是挡不住士气高涨的法军的。为了避免不必要的损失，他早就下令让所有的人都躲起来，并且把粮草都藏好，这样法军再厉害，得不到补给，连基本的生存都谈不上，更别提打仗了。

很快，法军有许多人和马匹都饿死了，拿破仑很着急，部下都劝他撤军，但从没打过败仗的拿破仑怎么会连仗都没打就撤军呢？他不相信俄国人会放弃他们的所有城市躲起来，这时候，他收到情报，俄国重镇斯摩棱斯克驻扎了一支俄国部队，于是下令向斯摩棱斯克进军。

法军很快就抵达了斯摩棱斯克城下，拿破仑下令攻击。法国人

知识窗

拿破仑与雾月政变

拿破仑出生在法国科西嘉岛，十五岁的时候进入巴黎陆军学校学习，毕业后成为一名少尉军官。法国大革命开始后不久，英国派兵武装干涉法国革命，在土伦战役中，拿破仑表现异常出色，赢得了大家的赞赏，他被破格提拔为将军。不久在镇压保王党的战役中，拿破仑以少胜多，击败了敌人，使他又一次获得了认可。1797年，拿破仑被任命为法国"意大利方面军"总司令，率军在国外作战，立下不少战功。1798年，拿破仑远征埃及。这个时候法国督政府的政治正遭遇危机，已经不能领导法国人民反抗国内外敌人的攻击了。在这个时候，拿破仑偷偷返回巴黎，并轻易地取得了各大银行家的支持，于1799年11月9日率领支持者们发动政变，接管了政府的一切事务和大权，成立执政府，他自任第一任执政官，建立了他的独裁统治。因为11月9日是法国共和历的雾月18日，所以历史上把这次政变称为"雾月政变"。

经过长途奔袭已经很疲惫了，再加上这段时间补给跟不上，他们又累又饿，战斗力大大减弱。由于士兵们都想早点打进城烧杀抢掠，以弥补这段时间遭的罪，所以打得非常急躁，结果被俄军打得大败，死了一万两千多人。

拿破仑冷静下来后，改变了作战策略，他下令步兵停止冲锋，改用大炮射击。大炮是拿破仑最钟爱的作战工具，果然有效，一阵狂轰滥炸后，俄军阵地便没有动静了。拿破仑以为俄国人都被炸死了，心里很高兴，下令全军前进。进入城市后他们才发现，原来俄国人早就悄悄地溜走了，又给法军留下一座空城。拿破仑气得暴跳如雷，怒火已经吞噬了他的理智，他下令疲惫不堪的军队继续前进，向莫斯科进军。

9月7日，法军与俄军在离莫斯科仅一百多公里的波罗金诺遭遇，这个地方是通往莫斯科的咽喉地带，所以拿破仑投入了十三万精锐部队，决心不惜一切代价也要把它占领下来。很快就把波罗金诺打了下来。

正在这个时候，俄军的大炮开火了，拿破仑迅速组织反击，利用人数上的优势向俄军发起了猛烈攻击，一天之内把俄军的阵地攻陷了八次，但每次都被俄军抢了回来，双方死伤人数达到八万多人，在第九次冲锋的时候，法军击毙了俄军主帅巴格拉基昂，终于获得了战斗的胜利。俄军最高统帅库图佐夫下令撤退，并顺便把莫斯科的人民全部撤走，只留下了一座空城给法军。

拿破仑一怒之下，下令放火烧掉了莫斯科。法军虽然占领了莫斯科，但并没有改变他们缺衣少食的现状，俄国的天气到了9月份就开始冷起来了，法军士气空前低落，再加上时不时地又遭受到俄

国人的偷袭，士兵们反战情绪非常严重。拿破仑意识到要占领俄国是不可能的了，于是 10 月 19 日下令撤军。一路上不断遭到俄国游击队的袭击，再加上风雪交加，法国人大批大批地被冻死，等到 12 月份离开俄国的时候，原来的六十万大军只剩下两万残兵败将了。

远征俄国的失败让拿破仑损失了他的主力部队，亚历山大二世趁机和普鲁士还有奥地利组成反法同盟，在莱比锡大败拿破仑的军队。1814 年 3 月 31 日，联军攻入巴黎，拿破仑被迫退位。

智慧启迪

骄傲自满是人类最大的敌人，古今中外有很多伟人都因为骄傲自满而最终失败。骄傲自满会蒙住人的眼睛，让他只能看见自己的优点和别人的缺点，过高地估计自己的实力，最终使自己缺乏前进的动力或者盲目去做自己根本做不到的事，从而导致失败。你有没有骄傲自满过呢？平时受了表扬之后是不是就得意忘形，认为自己已经很优秀了，即使不努力也能做到很好了？这就是骄傲自满。所以我们一定要谦虚谨慎，杜绝骄傲自满情绪，这样才能有更大的进步。

故事小·档案

● 时　　间：1860 年～1865 年
● 地　　点：美国
● 人　　物：亚伯拉罕·林肯
● 结　　果：林肯率领美国人民赢得了内战，解放了黑奴

解放黑人的林肯

19 世纪中叶的美国是一个两种制度并存的国家，北方是自由的资本主义制度，而南方则是奴隶制庄园经济。南方的奴隶主们将黑人当作奴隶，任意剥削压迫，甚至可以随意贩卖他们，黑奴们每天都遭受非人的迫害，生活在水深火热之中。一些有正义感的人纷纷反对这种吃人的制度，于是兴起了废奴运动。其中最痛恨这种制度的人就是林肯。

亚伯拉罕·林肯小时候有一次在集市上看到奴隶贩子贩卖黑奴，奴隶主们像贩卖牲口那样查看奴隶，买了一个奴隶就用烙铁在他身上烙下印记，有的奴隶家庭被活活拆散，宛如人间地狱。林肯非常气愤，他发誓以后一定要废除这种制度。

林肯出生在一个很普通的农民家庭，由于家里很贫穷，他失去了上学的机会。但是林肯非常勤奋好学，通过自学掌握了许多知识。

林肯长大后干过许多工作，不管干什么工作，他都认真勤恳。他在当店员的时候，有一次一个顾客多付了几分钱，他发现以后跑

了十几里路追赶那名顾客，把钱退给了他。正是因为这样，他到任何地方去，人们都很欢迎他。

林肯对政治很感兴趣，1834年他当选为伊利诺伊州议员，不久又获得了律师资格。他在就任议员期间，经常在演讲中抨击南方的蓄奴制度，赢得了人们的称赞。1854年，反对蓄奴制的共和党成立，林肯怀着极大的热情加入了该党，并在两年后在共和党全国代表大会上当选为副总统候选人。1860年，林肯竞选美国总统获胜，成为美国历史上第十六任总统。

南方的奴隶主们当然不会对这位反对蓄奴制的总统怀有好感。林肯竞选总统的时候，就没有得到南方蓄奴州的任何一票。他就任之后南方奴隶主们更是纷纷反对他，还到处散播谣言诬蔑林肯的人格。但林肯没有向他们低头，仍然继续为废除奴隶制度而努力。奴隶主们见林肯态度坚决，决定武装叛乱。

1861年，南卡罗来纳州宣布退出美国联邦，并发动叛乱，对当地驻守的美国政府驻军发起攻击，将其赶走。南方各州纷纷响应，很快，南方有九个蓄奴州叛乱，并建立了南方邦联政府，与美国联邦政府对峙。南北战争从此爆发。

林肯本来不打算用过激的手段废除奴隶制的，他认为应该用和平方式，先限制奴隶制，然后再逐步废除，在这种思想的指引下，北方政府根本没有做好战争的准备。而南方蓄谋已久，加上劳动力大多是黑奴，可以迅速动员大批白人入伍参战。所以在战争的初期阶段，南方军队节节胜利，连首都华盛顿都差点被叛军攻下来。

这个时候林肯才意识到问题的严重性，他放弃了对南方的幻想，决定动员广大农民和黑人起来反抗奴隶制度，拯救美国。于是在 1862 年，林肯颁布了《宅地法》，宣布任何人只要缴纳十美元，就可以获得西部一百六十英亩的土地，连续耕种五年后就可以永久拥有那块土地。这条法令充分调动了农民的积极性，大批农民为了保卫自己的利益而踊跃参军。1863 年 1 月 1 日，林肯颁布了他亲自起草的《解放黑奴宣言》，宣布叛乱各州的黑奴即日起恢复人身自由，并可以加入联邦军队。黑奴们做梦也没想到可以恢复自由，于是纷纷拿起武器，加入到北方军队当中。黑奴们的倒戈导致以奴隶制庄园经济为基础的南方经济受到极大损害，同时也大大补充了北方的兵源。据统计，共有十八万六千黑人加入了北方军队，他们作战非常英勇，其中三分之一的人为了自己的解放事业献出了自己的生命。这两个法令颁布后战争形势就扭转了过来。1863 年 7 月 1 日到 3 日的葛底斯堡战役中，北方军大败南方军，从此北方军队进入了战略反攻阶段。1864 年 4 月 3 日，北方军队攻占了叛军政府首都里士满，9 日，南方军队缴械投降，南北战争以北方的胜利而告

罪恶的贩奴史

知识窗

欧洲人发现美洲后，许多人跑到美洲去定居，为了抢夺资源和财富，他们屠杀了大批当地的印第安居民，结果导致劳动力不足。为了获取足够的劳动力，一些人开始到非洲拐卖黑人到美洲充当奴隶。他们为了获得更多的黑人，往往挑起黑人部落之间的战争，然后买下俘虏。有的甚至直接侵略非洲部落，将俘虏的人抢走，放在贩奴船上运到美洲。为了获取更多的利润，他们往往尽可能地往船舱里塞黑人，许多黑人因此窒息而死，奴隶贩子们就把死去的或者生病的奴隶扔下大海，最后能坚持到美洲的黑人往往不足一半。这种罪恶的行径一直持续到 19 世纪下半叶才逐渐被各国所禁止。非洲在这场浩劫中损失了至少一亿精壮劳动力，这也是导致现代非洲落后的原因之一。

终。从此奴隶制度在美国被彻底废除。

　　林肯由此成为美国历史上最伟大的总统之一，他被认为是黑人解放的象征。不幸的是，1865年4月14日晚，林肯被南方奴隶主收买的刺客暗杀，结束了他伟大的一生。

智慧启迪

　　人人都是平等的，每个人只是境遇不同，但没有高低贵贱之分，那种把人分成三六九等的思想是绝对错误的。作为小学生要从小树立人人平等的信念，一个人再优秀，也只是一个平凡的人，永远不要因为别人不如你而鄙视别人，那种认为别人低贱自己高贵的人其实才是最无知、最可耻的人。

被解放的奴隶热烈拥护林肯

故事小·档案

- 时　　间：19 世纪末 20 世纪初
- 地　　点：法国巴黎
- 人　　物：居里夫人
- 结　　果：居里夫人发现并提炼出镭元素

居里夫人和镭

居里夫人原名叫作玛丽·斯克罗多夫斯卡，出生在一个普通的波兰家庭。她从小就喜欢学习，成绩非常优异。但是当时的波兰被俄国、奥地利和普鲁士三个国家瓜分，女人没有上大学的权利，而年轻的玛丽太想接受大学教育了，但她家里又很穷，不能负担得起出国留学的费用，所以玛丽只好到乡下去给别人当了五年的家庭教师，好容易才攒了一笔钱出国留学。

1891 年冬天，玛丽来到了法国巴黎，她收到了巴黎大学的入学通知书，进入巴黎大学理学院学习。她和别的同学不一样，她把每一分钟都用来学习，而不是像同学们那样忙于谈恋爱或是参加交际舞会。所以玛丽很快就成为班上最优秀的学生，倍受教授们的喜爱。

玛丽的生活非常节省，攒的钱早已花光，她平时只能靠奖学金度日。她住在一间又小又闷的阁楼里，夏天热得让人无法忍受，冬天却又冷得可怕，但玛丽都忍受下来了。为了节省时间，她常常不做饭而是啃面包吃，每天都学习到很晚才睡觉。久而久之，玛丽的身体渐渐支撑不住了，终于有一天她昏倒在课堂上。好心的同学把

诺贝尔奖

诺贝尔奖是瑞典科学家诺贝尔设立的。诺贝尔是一名发明家，他一生获得了二百五十五项专利，其中大部分都是关于炸药的。诺贝尔通过发明炸药发了大财，他是个热爱和平的人，他发明炸药只是为了让人们能够更加方便地征服自然。但是让他愤怒的是，各国政府却用他发明的炸药制造出各种各样的杀人武器，于是他临死的时候留下遗嘱，用他的全部财产办成一个基金会，设立物理、化学、生理学、文学和和平五个奖项，每年颁发给在该领域取得巨大成就的人，大部分奖项由瑞典皇家科学院颁发，从诺贝尔奖设立的那一天起，它就成了科学界和文化界的最高荣誉，凡是获得诺贝尔奖奖金的人，马上就能成为该领域的世界级权威。在诺贝尔奖的推动下，科学家们纷纷取得重大成就以夺取这个最高荣誉，可以这样说，20世纪以来科学发展如此迅猛，和诺贝尔奖的激励是分不开的。

她送到医院，医生一问才知道玛丽为了把钱省下来买书，每天都只吃一点点食物，而且因为学习得太晚，每天睡眠时间不到三个小时，营养不良加上休息不够才导致了她当场昏倒。

玛丽用她超人的毅力坚持学习，很快就完成了学业，1893年便获得了物理学硕士学位，然后又进入数学系学习，只用了一年时间就获得了数学系硕士学位。玛丽并不是天才，她完全是靠着自己惊人的毅力才能取得这样让人惊讶的成就的。

玛丽在巴黎大学认识了物理学家比埃尔·居里，在他的影响下，玛丽决定留下来工作，不久两人相爱了，1895年，两人结婚，从此人们就管玛丽叫居里夫人。就在这一年，伦琴发现了X射线，次年，柏克勒尔发现铀元素也能放射出类似于X射线的新型射线。居里夫人决心研究这个尚不为人所知的新领域。

比埃尔很支持夫人的决定，于是放下了手头的工作，和夫人一

起投入到对放射性元素的研究当中来了。他好容易才借到一间小小的实验室，虽然条件非常差，但居里夫人已经很高兴了，因为她知道外部条件并不能决定什么，更大的难题还等着她去克服呢。

居里夫人发现，柏克勒尔发现的新射线比铀实际上所能放出的射线强度要大得多，这就说明柏克勒尔所观察到的不仅仅是铀，肯定还含有一种未知的具有放射性的元素。居里夫人大胆预测了这种可能性，并将这种未知的新元素取名为"镭"，在拉丁文中就是"放射"的意思。

但这只是预测，当时很多人都不相信她的理论，有的人认为，如果真存在镭的话，那么就把它提炼出来，这样大家才能相信。居里夫人也认为应该提炼出镭，否则也不能算发现了这种新元素。于是她和丈夫四处奔波，去寻找可能含有镭的矿物。

要提炼出镭，就必须要有沥青铀矿，而这种矿是非常昂贵的，居里夫妇根本没有办法筹集到实验所需的数量。后来在奥地利政府的帮助下，由奥地利政府捐赠了一吨沥青铀矿给他们，才解决了这个问题。

居里夫妇开始了漫长的提炼过程，经过三年多的努力，终于从沥青铀矿中提炼出来0.1克的镭盐，证实了居里夫人的设想。镭的发现，给人类打开了原子世界的大门，由此诞生了放射学，居里夫妇是功不可没的。为了表彰他们的贡献，他们获得了1903年的诺贝尔物理奖。后来人们发现镭元素对治疗癌症有奇效，于是镭变得非常昂贵，有人就建议居里夫人去申请专利，这样可以发大财，居里夫人认为镭是一种元素，在自然界本来就存在着，所以应该属于全世界。不久，比埃尔车祸身亡，居里夫人忍住悲痛继续研究镭。1910年她又提炼出了纯镭，分析出了镭的各种性质和原子量。居里夫人虽然是镭的发现者，但她一生中从来没有用镭来谋取利益，她相信科学是没有国界的，任何国家的学生到她那儿学习，她都毫无保留地把全部知识传授给对方。

居里夫人是唯一一名获得过两次诺贝尔奖的人，备受世界人民的尊重，由于长期研究放射性物质，给她的身体造成了很大的损害，1934年7月4日，居里夫人逝世。

智慧启迪

世上无难事，只怕有心人。其实这个世界上天才是很少的，而那些成功者当中的大多数人和你我一样，都是普通的人，但为什么他们能成功呢？因为他们有惊人的毅力和吃苦耐劳的精神。只要你有决心，用心迎接挑战，那么，世上就没有任何一件事能难倒你。请相信自己。

居里夫妇在实验室工作

故事小·档案

● 时　　间：20 世纪初
● 地　　点：印度
● 人　　物：甘地
● 结　　果：甘地遇刺身亡，但他的精神永存

圣雄甘地

莫汉达斯·甘地出生在一个婆罗门家庭，他家族地位比较高，所以有机会到英国留学接受高等教育。到了英国后，甘地深深体会到作为殖民地人民在英国所受到的不平等待遇。大学毕业后他到南非当了一名律师，他积极参加反对种族歧视的运动，很快就成为南非地区印度侨民的领袖。回国后，他又投入到了民族独立运动之中。

甘地是一个虔诚的印度教徒，印度教坚决反对暴力，所以甘地独创了一种对抗英国殖民统治的方式——非暴力不合作运动。所谓非暴力不合作，就是不采取暴力手段，但也绝对不和殖民者勾结。甘地领导的非暴力不合作具体内容有很多，比如不买英国货、不接受英国的教育、辞去英国殖民政府的公职、放弃英国授予的爵位和称号、不穿英式服装等等。

1919 年，为了抗议"罗拉特法"，甘地发起了大规模的非暴力不合作运动，但英国殖民政府却对之血腥镇压，在一些地区激起了群众的暴力反抗。甘地不愿意见到流血冲突，于是决定暂停运动，想和政府合作。但英国政府反而更加横行无忌，打破了甘地对他们的幻想。

1920 年，印度最大的政党国大党通过了甘地的非暴力不合作计划和党纲，正式确立了非暴力不合作思想为国大党的指导思想。甘地从此确立了他在国大党的领导地位，虽然他并不参与党内事务，但他始终扮演着精神领袖的角色。不久，因为出现暴力事件，甘地宣布停止非暴力不合作运动，严重挫伤了人民的革命积极性，甘地也不幸被捕入狱。1929 年国大党再次授权甘地领导非暴力不合作运动。

1930 年，英国殖民政府颁布食盐专营法，垄断了食盐的生产和销售，并抬高盐价，引起印度人民的强烈不满。甘地号召大家用海水煮盐，他亲自从北部的阿莫达巴德出发，赤脚步行到南部的海边煮盐。他边走边宣传，吸引了很多人前来加入他的队伍，足足走了二十四天才抵达海边，这时，跟着他的群众人数已达上千人。

英国殖民政府对甘地的行为非常不满，于是将他逮捕入狱。他被捕的消息传开后，激怒了印度人民，数万人上街游行自愿同甘地一起坐牢，殖民政府逮捕了六万多人，但人民的怒火越烧越旺，很快激起了武装起义。殖民政府只好妥协，将甘地释放，并取消了食盐专营法。此后甘地因为多次领导非暴力不合作运动而入狱，他在

知识窗

印度种姓制度

印度人有四个种姓，分别是婆罗门（祭祀贵族）、刹帝利（军事贵族）、吠舍（平民、工商业者）和首陀罗（农奴），各个种姓社会地位不同，高种姓的男子可以娶低种姓的女子，但高种姓的女子绝对不能嫁给低种姓的男子。高种姓的女子和低种姓的男子生的后代被排除在种姓之外，称为贱民。贱民绝对不可以和其他人有任何身体接触，曾经发生过婆罗门因为被贱民看到，而把贱民的眼睛给挖掉的事。这种制度是非常不合理的，但在印度却存在了几千年，直到现在还保留着残余。

狱中宣布绝食，英国人害怕他死后引起动乱，只好一次次地向他妥协。

当时印度国内的印度教徒和伊斯兰教徒矛盾非常深，经常爆发宗教冲突，甘地虽然是印度教徒，但一直致力于消除两个宗教之间的矛盾，他常常到伊斯兰教徒的居住地去宣传两教和谐。有一次他去一个伊斯兰村庄的时候，当地人不想他来，他们知道甘地一直都是赤脚走路，为了阻止他，他们在甘地来的路上撒了不少钉子。但这并没有阻碍甘地，当甘地拖着被扎得血淋淋的双脚出现在他们面前时，人们都感动了，纷纷接受了他的劝说。

印度独立前不久，印度教徒和伊斯兰教徒爆发了一场大规模的冲突，甘地非常痛心，于是宣布绝食。几天后这位伟大的老人身体已经非常虚弱了，冲突中的人们被他所感动，纷纷放下了武器。当甘地得知两派已经达成和平协议后，他才恢复进食。

虽然甘地一直致力于两个宗教的和谐，但它们最后还是分裂了。1947年6月，印度半岛分裂成两个独立的国家——以印度教徒为主的印度和以伊斯兰教徒为主的巴基斯坦。虽然甘地长期以来梦想的国家独立已经实现，但他还是对分裂非常不满，但也只好接受现实。甘地对伊斯兰教徒的友好姿态惹怒了一些激进的印度教徒。1948年1月30日，甘地在一次调解两派争端的集会上被一个极端分子枪杀，结束了他伟大的一生。他的死顿时引起轩然大波，刺客的全家在第二天就被甘地的崇拜者们杀了个精光，由此又引起了冲突，死了好几千人。

甘地虽然没有担任国家领导职务，但是他在人们心目中的地位是至高无上的，他出葬的那一天，数十万崇拜者从四面八方赶来为心目中的英雄送葬。甘地永远都活在印度人民的心中。

智慧启迪

奉献精神是人类最伟大的精神，凡是为人类奉献了一生的人，他都永远被人们所怀念。但不是人人都具备这种精神的，一些人不知道奉献只知道索取。其实要有奉献精神很简单，那就是要具备责任感，要对社会负责。

1930年甘地率七十八名信徒开始"食盐进军"，揭开了第二次"非暴力不合作运动"的序幕。

扫码获取更多资源

故事小·档案

● 时　　间：1916 年
● 地　　点：法国凡尔登
● 人　　物：法国军队和德国军队
● 结　　果：德国战败，但双方死伤惨重

"凡尔登绞肉机"

第一次世界大战爆发后，德国向法国发起进攻。德国和法国是老冤家了，早在 19 世纪的时候，德国著名军事家施里芬就提出了"施里芬计划"，这个计划是专门针对德法两国开战的时候，德国进攻法国的战略思想，后来这个计划在 1905 年的时候被正式确定下来，成为一战德国开战后的基本作战思想。

但在 1914 年的马恩河战役中，德军惨败，"施里芬计划"也就此破产，从此，一战西线战场进入相持阶段，德军的猛烈攻势也被压制下来。

1916 年，法尔根汉取代毛奇成为德军总参谋长，他决定改变这种不利的局面，于是制定了新的作战计划，进攻一个法国人不肯放弃的战略要地，把法国的全部兵力都吸引过来加以歼灭，这样彻底粉碎法国的军事力量，迫使它投降。这个战略要地就是凡尔登要塞。

凡尔登要塞是法国最坚固的要塞，有十多万人驻扎防守，德军为了攻打它，投入了二十七万人、上千门大炮，另外还布置了五千多个掷雷器。1916 年 2 月 21 日，德军发起总攻，所有大炮对着凡尔登要塞以每小时十万发的速度狂轰滥炸，无数炮弹将法军阵地变成了一片火海。然后，德军用十三门 16.5 英寸口径的攻城炮对凡尔登要塞最坚固的第四道防线进行重点轰炸。另外，德军的掷雷器扔出的炸弹里面含有许多金属碎片，爆炸后破坏力极大，很快就把法军的阵地夷为平地。

在发射了一百二十万发炮弹后，德军又用 5.2 英寸口径的小炮以步枪的射击速度向残余的法军士兵开火，在大轰炸中幸存的法国士兵几乎全部被轰成了碎片。为了赶尽杀绝，德军还使用了喷火器，将法军的前沿阵地变成了火海。就这样，凡尔登要塞附近的战壕全部被摧毁，连山头都被削平，整个法军全部暴露在德国人面前。于是轰炸一停下来，德军六个精锐步兵师便以排山倒海之势向法军阵地冲去。

勇敢的法国官兵没有被敌人吓倒，他们凭借残余的工事，继续向进攻的德军射击，军官们带头冲出去和敌人展开肉搏，一次又一次地打退了敌人的进攻。

但是毕竟寡不敌众，经过两天激战，一万多法国人被俘虏，凡尔登前沿的阵地全部失守。消息传到巴黎后，总司令霞飞非常紧张，他任命贝当为凡尔登战区总司令，调兵遣将准备支援凡尔登要塞。

贝当到达凡尔登后，发现情况已经非常危急，而且要塞东北部的一个重要炮台也失守，要塞已经处于两面受敌的危险境地。他立刻向巴黎求援，急需二十万援军和两万吨军用物资。但是通往巴黎的公路除了一条六米宽的小公路外，其他公路已经全部被德军炮火封锁，要在一个星期内运送这么多物资和兵员几乎是不可能的。这个时候，法国人民的爱国热情被激发了出来，他们都被动员起来抢修公路，另外巴黎几乎所有的出租车都参加到运送法国士兵的行列中，只用了两天时间就将全部援军和物资运到了凡尔登。后来这条公路被法国人民称作"圣路"。

援军的到来解决了法军人力不足的问题，贝当将防线加深，并集中炮火向德军阵地开炮，德军由于前期消耗了太多弹药，还没来得及补充，只好后撤。法尔根汉下令改急促冲锋为稳步进攻，以减少伤亡。但经过七十天的苦战，仍然没有突破法军阵地，双方展开了拉锯战。这个时候出现了戏剧性的一幕，当时德军将军火库隐藏在附近的森林中，以为不会被发现。一名法国炮兵在射击的时候实在太疲倦了，一不小心将炮口移了一下，结果炮弹射歪了，正好落在德军的秘密军火库上面，引发了四十五万发大口径炮弹爆炸。结果德军的大口径火炮由于缺少弹药而失去了作用，法军趁这个机会发起攻击，狠狠打击了德军。双方你争我夺，到7月份的时候，德军仅前进了七公里。10月24日，法军发动大反击，将德军赶出了凡尔登，凡尔登战役以德军的失败而告终。这场战役双方死伤人数超过了一百万，由于死

知识窗

第一次世界大战

进入20世纪后，德国因为积极应用科技革命的成果而成为世界第二经济大国，但由于它是后起的帝国主义国家，所以它没有多少殖民地，大部分殖民地都被英法两国瓜分掉了。德国为了夺取殖民地，处心积虑地要发动战争。1914年6月28日，奥匈帝国王储在萨拉热窝被刺杀，德国趁此机会发动战争，一战全面爆发。一战有两个阵营，一个是以德国、奥匈帝国为主的同盟国，另一个是以英、法、俄为主的协约国。战争一直持续到1918年才以同盟国的失败而结束，整场战争大约有一千万人战死，造成了空前巨大的生命财产损失。

伤人数太多，所以把这场战役称为"凡尔登绞肉机"。当初法尔根汉叫嚣要"让法国的血流尽"，结果不但法国的血流尽了，德国的血也流得差不多了。法尔根汉只好辞去参谋长职务，而德国从此失去了战略进攻的地位，最终输掉了战争。

智慧启迪

战争是残酷的，凡尔登战役是第一次世界大战中牺牲最大和最激烈的战役之一。

我们热爱和平，因为在和平年代里，人们才能安居乐业，生活相对安定。小朋友们要从小爱好和平，团结同学，在班级与同学要和睦相处，要增强理智感，遇事多思考，多为别人着想。当同学之间发生矛盾时，站在同学的角度想一想，就可以遏制情绪冲动，这样，不良情绪就会减弱，一场"战争"就可以避免了。

法军在战争后期对德军进行大反击

故事小·档案

● 时　　间：1933 年
● 地　　点：美国
● 人　　物：罗斯福
● 结　　果：取得巨大成功，使美国摆脱了经济危机

罗斯福新政

　　1929 年 10 月 24 日，纽约股市突然大崩盘，无数股票疯狂下跌，许多人在前一天还是富翁，一觉醒来后却发现自己身无分文。从此，美国经济陷入了泥潭中，无数人失业破产，流浪街头，根本吃不饱也穿不暖。但奇怪的是，那些资本家却把牛奶倒入河里，把大米和小麦当成燃料烧掉，这是为什么呢？

　　其实经济危机的爆发完全是资本主义在作怪。经济危机爆发前，资本主义社会还是一片繁荣，但繁荣的另一面却是资本家拼命压低工资却又疯狂加快生产速度，最后导致商品太多而人民却缺少购买力，再加上鼓励提前消费，造成虚假繁荣，矛盾积累到一定程度的时候便爆发了。由于商品剩余过多，资本家为了维持商品价格，牟取暴利，不得不把多余的商品给毁掉。但是，广大劳动人民却缺吃少穿，他们因为失业而没有钱去购买商品，所以所谓的商品过剩只是相对于劳动者的过剩。当时有句话就很形象地说明了这个事实：为什么我们烧不起煤？因为煤太多了。资产阶级的虚伪和残忍在这次经济危机中暴露无遗。

经济危机席卷美国之后，又广泛传播到世界各国，欧美主要工业国家的经济基本上全部瘫痪，生产倒退了二十多年，造成的损失在两千五百亿美元以上。由于经济是政治的基础，经济危机造成了各国的政治危机，失业的人们纷纷游行示威，要求政府给他们饭吃，许多国家的政府无力应付这种局面而纷纷垮台，这个时候，富兰克林·罗斯福就任了美国总统。

罗斯福上台后摆在他面前的是一堆经济危机后留下的烂摊子，于是他顺应民意，实施了一系列改革措施。由于经济危机是由金融方面引发的，所以罗斯福决定首先着手整顿金融界。当时全美国几乎没有一家银行营业，罗斯福敦促国会通过《紧急银行法》，对银行一家家地审查，给那些有偿付能力的银行颁发许可证，允许它们尽快复业。这项措施淘汰了一万多家不合格的银行，稳定了人心。为了加强美国商品的竞争优势，罗斯福宣布美元贬值 40%，这样，外国用同样多的钱却能买到比以前多将近一半的美国商品，当然就会选择购买美国货，从而刺激国内工商业的复兴。

由于经济危机最关键的起因是各企业盲目扩大生产而压低工人工资，所以罗斯福又制定了《农业调整法》和《全国工业复兴法》，要求各企业公平竞争，规定了各企业的规模、产量、销售范围和价格，并给工人定出了最低工资标准和最高工时，限制了垄断，也增加了工人的收入。

罗斯福知道，现在老百姓很多都吃不饱穿不暖，于是他又开展了大规模的救济工作。但他的救济并不是消极的救济，而是开办许多大型的公共设施，吸收失业人员投身到福利事业中，从中获取报酬，既扩大了救济面，又为国家提供了许多福利设施。为了解决失业问题，

富兰克林·罗斯福

富兰克林·罗斯福是西奥多·罗斯福的侄子，他出生在一个百万富翁的家庭里，小时候患过小儿麻痹症，后来因为救落水的人疲劳过度导致旧病复发，从此便下肢瘫痪了。1928年他担任纽约州州长，1932年竞选总统成功，他上台后实行新政，从经济危机中挽救了美国，因此在1936年和1940年的大选中再次获胜。二战爆发后，他采用中立政策，但暗中支持英法。1941年珍珠港事件发生后，美国参战。罗斯福代表美国参加了两次盟国三巨头会议，他提出了联合国的构想。1944年他又一次获胜，连任了总统职位。他是美国历史上唯一一位连任四届总统的人。1945年因脑溢血去世。

美国政府投入了几百亿美元，兴建了近千座飞机场、一万多个运动场和八百多所学校以及医院。不仅创造了几百万个就业机会，还刺激了消费。

1935年，罗斯福又制定了《社会保险法》，规定由工人和企业各付工资的1%的保险费，政府再出一半，购买社会保险。这样，工人退休后，每个月可以拿到一笔养老金，即使失业了，一定时间内还能领到失业救济金。这项措施解决了工人的后顾之忧，受到绝大多数劳动者的欢迎。

1938年，罗斯福让国会通过了《公平劳动标准法》，规定每周工作最多四十小时，每小时工资不得低于四十美分，禁止使用十六岁以下的童工。为了解决社会保险制度的经费问题，罗斯福实行了按照财产数量而征收的累进税，总之就是钱越多，交的税也就越多。到了1939年，罗斯福新政取得了巨大成功，使美国在经济危机时期避免了更多的损失，从1935年起，美国工业的指标都逐步回升，次年便基本摆脱了经济危机。罗斯福新政的另一个重大贡献就是使美国成功地避免了即将出现的剧烈的社会动荡，摆脱了法西斯对美国的威胁，为日后美国参加世界反法西斯阵营创造了条件。

智慧启迪

随着形势的变化，旧的东西往往已经不能适应如今的生活了，那么就要用新生事物取代它。然而这种去旧迎新的改革，却常常要遭遇很多困难和阻力，这时候需要的就是坚持。学习也是一样，当我们刚接触新知识时，往往感觉很不习惯。其实这很正常，不管是谁接触到新的东西都会有些不适应，但是如果就此放弃的话，就永远也学不会了。

1935年国会通过了《社会保障法》，图为当时反映福利制度的广告画。

故事小·档案

● 时　间：1938 年
● 地　点：德国慕尼黑
● 人　物：希特勒、墨索里尼、张伯伦、达拉第
● 结　果：姑息纵容希特勒等纳粹党，导致第二次世界
　　　　　大战爆发

慕尼黑阴谋

　　希特勒上台后，大力扩张军备，撕毁了凡尔赛条约，因为条约限制德国发展军事力量。当时英法等国想让德国牵制苏联，所以对希特勒的做法睁一只眼闭一只眼。希特勒趁机疯狂发展军工产业，很快就建立起一支强大的军队。于是，他把目光放在了邻国身上。

　　1938年，希特勒唆使奥地利的亲德分子鼓动将奥地利并入德国。3月，奥地利全民公决，结果绝大多数奥地利人同意并入德国，于是希特勒不费一枪一弹便占领了奥地利。

　　接下来，希特勒打算吞并捷克斯洛伐克。捷克斯洛伐克地处欧洲中心，只要占领了它，往东可以进攻苏联，往西可以进攻英法。当时靠近德国边界的捷克斯洛伐克苏台德地区大部分居民都是日耳曼人，他们和德国人属于同一个民族，希特勒利用这点极力煽动他们要求自治，实际上就是为吞并它而找借口。捷克斯洛伐克政府当然不会同意这种要求，取缔了苏台德地区的法西斯组织。希特勒抓住这点，宣称他不能容忍别人欺负日耳曼人，于是扬言要发动战争，

四处调兵遣将，准备进攻捷克斯洛伐克。捷克斯洛伐克也不服软，也调集了大批部队集结在边界，随时准备迎战。

因为捷克斯洛伐克与英法等国签订过同盟条约，如果开战的话，根据条约规定，英法也必须对德国宣战。英法两国领导人根本不想卷入战争，法国总理达拉第发电报给英国首相张伯伦，要他去见希特勒，商量避免战争的方法。

1938年9月15日，张伯伦坐飞机到达德国慕尼黑，然后去见希特勒，希特勒这个时候正在发愁。因为捷克斯洛伐克有三十五个装备一流的师，而德国能够投入战争的只有十二个师，如果一开战，且不说英法参战了，光是捷克斯洛伐克的部队他都没办法打败。正好这个时候张伯伦亲自来见他，这可把希特勒乐坏了，决心狠狠敲诈一笔。

两人在密室里谈判，希特勒狮子大开口，扬言必须把苏台德地区割让给德国，否则即使打世界大战他也不在乎。张伯伦生怕开战，

英国首相张伯伦

知识窗

内维尔·张伯伦，英国政治家，1918年当选为下议院议员，很快就在英国政坛站稳了脚跟。1922年他担任邮政大臣，此后又担任过卫生大臣和财政大臣等重要职务，后来成为了保守党领袖。1937年5月28日，张伯伦就任英国首相。张伯伦最出名的"政绩"就是对法西斯的姑息纵容，他多次忍让法西斯的挑衅，眼睁睁看着法西斯壮大起来。二战爆发后，张伯伦被迫对德宣战，但他并没有有效组织英军抵抗，反而消极作战，幻想德国能就此收手，避免战争。1940年，德国占领荷兰、比利时等国，英国国内反对他的呼声越来越高，1940年5月，张伯伦被赶下了台，同年9月9日，郁郁而终。

于是小心翼翼地试探希特勒，他来之前就和达拉第商量好了，他们是绝对不会为了捷克斯洛伐克而和德国开战的，为了达到这个目的，他们早就决定牺牲捷克斯洛伐克了。于是张伯伦暗示英法两国是不会干预这件事的。

第二天张伯伦回到英国，向英国人民鼓吹只有满足希特勒的要求，才能避免德国吞并捷克斯洛伐克。9月18日，达拉第赶到伦敦，和张伯伦制定了一项秘密计划，就是"凡是苏台德地区日耳曼人占50%以上的都划归给德国"。9月19日，英法两国政府向捷克斯洛伐克提出了这个建议，捷克斯洛伐克开始的时候拒绝了。但是英法政府为了自己的利益威胁捷克斯洛伐克，说如果他们不接受的话，就解除盟约，而且如果因此而爆发战争，捷克斯洛伐克要负全部责任。捷克斯洛伐克政府无奈之下只好同意了。

9月29日，希特勒、墨索里尼、张伯伦和达拉第齐聚慕尼黑，在"元首宫"会谈，其实并没有什么新的内容，只是补办些手续而已。次日凌晨一点半，四国签署了《慕尼黑协定》，规定10月10日之前，捷克斯洛伐克政府必须把苏台德地区和一切设备无条件交给德国。希特勒在会上表示这是他最后一次领土要求。当时捷克斯洛伐克派来的两名代表被禁止参加会议，只是让他们在外面等待会谈结果。

这场肮脏的交易结束后，张伯伦赶回英国，在机场他对前来欢迎的人群说："我给你们带来了整整一代人的和平。"但具有讽刺意味的是，德国第二年就发动了二战，张伯伦也因此被愤怒的英国人民赶下了台。希特勒占领苏台德区后并不满足，于1939年3月，出兵将捷克斯洛伐克其他地区全部吞并掉了。当时捷克斯洛伐克有欧洲最精锐的部队和一座年产量和整个英国全部兵工厂年产量差不多的兵工厂，希特勒得到这些宝贵资源后，更加得意忘形，不久又和苏联签订了互不侵犯条约，并在 1939 年 9 月 1 日入侵波兰，揭开了第二次世界大战的序幕。

智慧启迪

对待坏人，妥协退让是没有用的，只能更加助长他的嚣张气焰。在面对坏人坏事的时候，一定不能对他讲情面，趁他还没有发展起来的时候，把他的真实面目揭穿！也许我们身边没有什么坏人，但是这种道理同样也适用于其他方面，比如，一些坏习惯，就应该趁早克服掉。如果为了贪图方便或者别的什么原因而懒得改正，那么等彻底养成坏习惯的时候，想改都难了。

希特勒（左二）与张伯伦（左一）在慕尼黑会议上